FÁBULAS CIENTÍFICAS

Editora Appris Ltda.
1.ª Edição - Copyright© 2022 dos autores
Direitos de Edição Reservados à Editora Appris Ltda.

Nenhuma parte desta obra poderá ser utilizada indevidamente, sem estar de acordo com a Lei nº 9.610/98. Se incorreções forem encontradas, serão de exclusiva responsabilidade de seus organizadores. Foi realizado o Depósito Legal na Fundação Biblioteca Nacional, de acordo com as Leis n.os 10.994, de 14/12/2004, e 12.192, de 14/01/2010.

Catalogação na Fonte
Elaborado por: Josefina A. S. Guedes
Bibliotecária CRB 9/870

O482c
2022
	Brito, Marcos Aires de
	    Fábulas científicas / Marcos Aires de Brito. - 1. ed. - Curitiba : Appris, 2022.
	    137 p. ; 21 cm.
	
	    ISBN 978-65-250-2845-3
	
	    1. Ficção brasileira. 2. Fábulas. I. Título.
	
	    CDD – 869.3

Livro de acordo com a normalização técnica da ABNT

Appris editora

Editora e Livraria Appris Ltda.
Av. Manoel Ribas, 2265 – Mercês
Curitiba/PR – CEP: 80810-002
Tel. (41) 3156 - 4731
www.editoraappris.com.br

Printed in Brazil
Impresso no Brasil

Marcos Aires de Brito

FÁBULAS CIENTÍFICAS

FICHA TÉCNICA

EDITORIAL	Augusto V. de A. Coelho
	Marli Caetano
	Sara C. de Andrade Coelho
COMITÊ EDITORIAL	Andréa Barbosa Gouveia - UFPR
	Edmeire C. Pereira - UFPR
	Iraneide da Silva - UFC
	Jacques de Lima Ferreira - UP
ASSESSORIA EDITORIAL	Cibele Bastos
REVISÃO	André Luiz Cavanha
PRODUÇÃO EDITORIAL	William Rodrigues
DIAGRAMAÇÃO	Luciano Popadiuk
CAPA	Eneo Lage
COMUNICAÇÃO	Carlos Eduardo Pereira
	Karla Pipolo Olegário
LIVRARIAS E EVENTOS	Estevão Misael
GERÊNCIA DE FINANÇAS	Selma Maria Fernandes do Valle

APRESENTAÇÃO

As seguintes fábulas foram escritas por mim a partir de ideias que surgiam em cartas datilografadas pelo meu primo, historiador e destacado médico da família, Dr. Napoleão Tavares Neves, que reside em Barbalha (CE). Ele, com mais de 80 anos de idade, é professor *honoris causa* em várias universidades da sua região, sendo uma referência viva na Medicina, enquanto eu fui professor no Departamento de Química da Universidade Federal de Santa Catarina (UFSC) em Florianópolis (SC), de 1976 até 2015, sendo mestre e doutor em Química, quando me aposentei da academia.

Nós tivemos intensas conversas, durante anos, sobre assuntos diversos. Napoleão utilizava cartas datilografadas por ele próprio, e eu utilizava e-mails e o respondia com fábulas científicas. Ele sempre me dizia: "prossiga, Marcos, pois você está criando interessantes historinhas de bichos, com estilo próprio e na forma de fábulas", e eu prossegui com meus parceiros, isto é, utilizando personagens da minha convivência, que são bichos conversadores que contam historinhas verdadeiras e falam por mim.

Temos origem nordestina, gostamos de sítios e de fazendas, de serras e do sertão, dos bichos soltos na natureza e, desse modo, nós continuamos a comunicação à distância.

Marcos Aires de Brito

SUMÁRIO

1. O UNIVERSO EM NOITES DE LUA CHEIA NO SÍTIO SACO*....... 11

2. A VIDA NO PLANETA TERRA COM O CÉU ENCOBERTO NO SÍTIO SACO.................. 15

3. UM CHURRASCO FEITO POR MAROTO................ 17

4. O BAFÔMETRO QUÍMICO................ 21

5. CONFERÊNCIA CÓSMICA................ 23

6. A BOA VIDA DO SOLDADINHO-DO-ARARIPE................ 25

7. UMA MESA REDONDA NO SÍTIO DA GOIABEIRA................ 29

8. A QUÍMICA OCULTA NOS VAGA-LUMES................ 33

9. UM E-MAIL DE MAROTO ENVIADO A PACHÁ................ 37

10. UM SAMBA DE CASAMENTO NO SÍTIO SACO................ 41

11.
UM E-MAIL DE PACHÁ E A RESPOSTA DE MAROTO 45

12.
A DATAÇÃO POR CARBONO-14 DOS REGISTROS RUPESTRES
DA CHAPADA DO ARARIPE 49

13.
O ACIDENTE FATAL DE PACHÁ 51

14.
A FUNDAÇÃO PACHÁ E O PROJETO LABODEX:
REAÇÕES QUÍMICAS ESPETACULARES 53
 14.1 Reação do açúcar com ácido sulfúrico 53
 14.2 A reação oscilante de Briggs-Rauscher 55

15.
UM RETIRO DE PÁSCOA NAS QUEBRADAS DO CABOCLO 61

16.
O DESCUIDO DE TUPÃ E A FABRICAÇÃO DO
SABÃO CASEIRO NO SÍTIO SACO 63

17.
UM PIQUENIQUE NA BACIA DO AÇUDE CABOCLO 65

18.
UM EVENTO CULTURAL NA FUNDAÇÃO PACHÁ 67

19.
UM BANQUETE DE JABUTICABAS PARA ARACUÃ 69

20.
UM PARAÍSO VERDE NO SERTÃO 73

21.
A CURIOSA VIDA DE UM PAI DE CHIQUEIRO 75

22.
A MAGIA DAS PEDRAS PRECIOSAS 77

23.
INVASÃO DE ABELHAS NO SÍTIO SACO 81

24.
SOLUÇÃO PACÍFICA AO ATAQUE DO GAVIÃO 85

25.
A VISITA DE MAROTO AO AMIGO MOCÓ 87

26.
UM NOVO SHOW DE QUÍMICA NA FUNDAÇÃO PACHÁ 89

27.
UM COELHO MULTICOLORIDO NA
COMUNIDADE DO SAQUINHO 91

28.
OUTRA PALESTRA DE MAROTO NA FUNDAÇÃO PACHÁ 93

29.
UM PRESENTE ESPECIAL DE MAROCA PARA COTÓ 99

30.
ATLÂNTIDA E OS MISTÉRIOS DO SÍTIO SACO 101

31.
REVISITANDO O VULCÃO QUÍMICO 103

32.
OS MISTÉRIOS NO SANGUE DO DIABO 105

33.
O MUNDO MÁGICO NAS CORES DAS FLORES 109

34.
UMA FESTA DE FINAL DE ANO NA FUNDAÇÃO PACHÁ............ 111

35.
UMA DIETA ESPECIAL PARA AS RAPOSAS DO SÍTIO SACO........ 117

36.
PIMENTA MALAGUETA E UMA ALIMENTAÇÃO ESPECIAL
PARA OS CACHORROS DO SÍTIO SACO.. 119

36.
LICOPENO, β-CAROTENO E A PRODUÇÃO DE TOMATES E
CENOURAS TIPO EXPORTAÇÃO 121

37.
UM ZAP DO SOLDADINHO DO ARARIPE PARA SEU AMIGO
UIRAPURU... 125

38.
OS MISTÉRIOS DAS SERRAS DA CAPIVARA E DAS CONFUSÕES!
127

39.
POR QUE OS QUADROS DE VAN GOGH ESTÃO
PERDENDO OS TONS DE VERMELHO?.. 129

40.
A DESPEDIDA DE MAROTO E DE MAROCA DA
FUNDAÇÃO PACHÁ.. 131

POSFÁCIO... 135
NAPOLEÃO TAVARES NEVES: UM BAOBÁ BRASILEIRO

1.

O UNIVERSO EM NOITES DE LUA CHEIA NO SÍTIO SACO*

Urutau, você que vive voando por aí afora, responda-me o seguinte: de onde viemos e para onde vamos?, perguntava Pachá*, um cachorro dorminhoco, ao seu amigo, Urutau*, uma coruja noturna. Bem, em um ponto de vista científico, nós viemos das estrelas e voltaremos para lá. Obrigado, Urutau. Mas sobre a vida na água, o que você tem para me dizer? Essa é uma longa conversa, respondeu Urutau, mas tudo começou há cerca de 17 bilhões de anos, em uma grande explosão cósmica que originou o universo. Depois, muito depois, em cerca de 4,5 bilhões de anos atrás, é que se formou o planeta Terra.

No início era muito quente, acrescentou Urutau, mas quando o nosso planeta já tinha cerca de 3 bilhões de anos, cianobactérias transformaram água em oxigênio (O_2) e hidrogênio (H_2), que, reagindo com carbono, formaram os gases do efeito estufa ($CO_2 + CH_4$). Esses gases se desprenderam para a atmosfera, acumularam-se para formar uma camada em volta da terra; e, sem esse aquecimento natural, a temperatura em nosso planeta seria em torno de -15°C, não sendo possível a nossa conversa aqui no Sítio Saco. Mas de onde vêm os elementos químicos? Parte do hidrogênio, o elemento mais simples, é convertido em Hélio (He) na estrela Sol, sendo lançado no universo e chegando até nós. Outras estrelas (as gigantes vermelhas) conseguem sintetizar elementos leves até oxigênio, mas é nas supergigantes vermelhas que são sintetizadas outros elementos (até ferro) e desse modo, pela disponibilidade de oxigênio molecular, todo o ferro disponível na terra foi enferrujado, digo, oxidado a Fe_2O_3 e Fe_3O_4, conhecidos como minerais hematita e magnetita, respectivamente.

Então, como surgiram os elementos mais pesados que o ferro? Perguntava Pachá, que estava gostando da conversa. Eles são produzidos nas supernovas (com massas oito vezes superiores à do sol), onde ocorrem gigantescas explosões nucleares com imensas liberações de energia, finalizou Urutau. Quando ele se preparava para se despedir, Pachá fez outra pergunta: você que anda voando pela Serra do Araripe, comente o supertelescópio Hubble, pois eu ouvi dizer que é por meio dessa máquina que os cientistas fazem o mapeamento químico do universo. É isso mesmo? Sim, Pachá, o Hubble fica a 593km de altura da superfície da Terra e viaja a uma velocidade de 28.000km/h. É graças aos instrumentos a bordo desse supertelescópio que se analisam as raias espectrais da radiação que vem das estrelas e de outros corpos celestes, e assim é que se consegue caracterizar os elementos químicos e, consequentemente, o Hubble e outros telescópios em terra, ajudam os cientistas a fazer o mapeamento químico do universo!

*Sobre o Sítio Saco, Pachá e Urutau

O Sítio Saco é da família Tavares Neves, localizado na Serra do Araripe (CE). Eu sou filho, nascido e criado no sertão nordestino, mas, morando em Fortaleza a partir dos 16 anos de idade, conheci o mar e costumava passar as férias de final de ano em fazendas no interior do Ceará. Quando não era na Fazenda Malhada (distrito de Ponta da Serra) do tio Mundinho, eu ia para o Sertão do Brejo Santo (CE), na Fazenda João Vieira do tio Quincas e da tia Mariinha.. Na Malhada, tomávamos banho no poço do Severo, no açude da fazenda, pescávamos traíra, armávamos esparrela para pegar inhambu, fojo para pegar preá e, à noite, íamos caçar tatu. Era uma vida livre e solta junto à natureza. Naquela época, existia pelo menos oito cachorros na Fazenda João Vieira e eles tinham uma certa hierarquia, começando com o Pachá, que tinha acesso livre à cozinha e às dependências da casa. Outros dois cachorros ficavam pelo curral, acompanhavam os vaqueiros na lida com o gado e outros se posicionavam ao redor da casa. Esses cachorros passavam o inverno (temporada de chuvas no Nordeste) na fazenda João Vieira e durante a temporada de moagem da cana-de-açúcar para a fabricação de rapadura e da cachaça, eles se mudavam com a família do tio Quincas para o Sítio Saco, conforme a narrativa do primo médico Napoleão Tavares Neves, intitulada "Caravanas para o Sertão", que me enviou por cartas.

Desde a primeira vez que cheguei à Fazenda João Vieira, fiz amizade com os cachorros. O tio Quincas me emprestou uma espingarda "soca-soca" e eu saía com seis cachorros, incluindo o Pachá, que insistia em me acompanhar. Era muito cachorro e Pachá atrapalhava nas caçadas de preá devido ao seu pouco treinamento para caça. Não era preazeiro e, sendo gordão, não conseguia pular as cercas de vara, nem encontrava buraco para passar. Ficava choramingando e então eu retornava para pegá-lo no colo e ajudá-lo a ultrapassar por cima das varas. Eram muitas cercas de varas para ultrapassar, mas o Pachá era amigo e deveria me acompanhar.

Pachá era mesmo um cachorro de sala e cozinha, principalmente da cozinha, onde sempre ganhava um agrado e com isso ficou imenso de gordo. Resultado: eu cuidava mais do Pachá do que dos preás e, quando algum cachorro acuava a caça, lá ia Pachá na frente requerendo a toca para ele e, assim, era comum eu retornar para casa sem preá e às vezes trazendo Pachá em meus braços de tão cansado que ele ficava naquelas caçadas. Entretanto, no outro dia, lá estava ele me arrodeando e bastava eu pegar a espingarda que já ficava balançando o rabo e me chamando novamente para ir caçar.

Urutau é uma coruja noturna que anda pelo Sítio da Goiabeira, em Alto Biguaçu (SC). Ele sempre, na boca da noite, faz o mesmo trajeto norte-sul e tem um assobio típico, quebrando o silêncio. Percebemos que ele inicialmente assobiava na chácara e depois voava. Concluímos que Urutau morava por lá e, depois de muito procurar por ele, finalmente o descobrimos bem disfarçado, camuflado em um toco de um cafezeiro do mato, bem no alto da árvore. Não foi fácil descobrir Urutau, mas como eu costumava visitá-lo durante o dia, para conferir se ele ainda estava por lá. Ele se mudou para a mata e nunca mais o vimos.

2.

A VIDA NO PLANETA TERRA COM O CÉU ENCOBERTO NO SÍTIO SACO

Olá, Urutau. Anda desaparecido? Pois é, Pachá, você sabe que saio em noites de lua cheia, mas essa anda encoberta pelas cinzas de um vulcão no Chile, o que tem sido danoso para mim. O ar lá em cima tem cheiro azedo e não é agradável! Como assim, Urutau? Da reação entre trióxido de enxofre (SO_3, um dos gases do vulcão) e a água (H_2O) na atmosfera, forma-se o ácido sulfúrico ($H_2SO_{4(aq)}$) que corroeu as minhas penas e isso tem sido um grande problema para mim. Para mim também Urutau, pois sinto arder o meu focinho, que prejudica o faro e fica mais difícil de caçar preá. Pachá, agora me diga como surgiram os preás e, enfim, a vida na terra. Essa é uma pergunta complicada Urutau, mas eu ouvi do Maroto[*] que a vida surgiu na água do mar, há cerca de 4 bilhões de anos, quando algas iniciaram o processo de fotossíntese, com liberação de oxigênio molecular (O_2) para a atmosfera.

A evolução continuou da água para a terra, e há cerca de 500 milhões de anos, em um processo lento, chegamos aos seres sexuados e aos mamíferos, como eu e os preás. Houve a separação do supercontinente Pangeia e assim muitos bichos ficaram separados. Mas diz, Maroto, que dentro de 250 milhões de anos a Europa se unirá à África. Portanto, o globo está se movimentando, a Lua está se afastando de nós, nosso planeta está fervilhando por dentro e por isso ocorrem os vulcões, os terremotos e os grandes tsunamis.

Pachá, você tem notícias de outras explosões vulcânicas? Sim, no dia 27 de agosto de 1883, a ilha de Krakatoa (Indonésia) desapareceu quando um vulcão supostamente extinto entrou em erupção. Essa explosão é considerada a erupção mais violenta que o homem moderno já testemunhou. Os efeitos atmosféricos da catástrofe, como poeira e cinzas circundando o globo, causaram estranhas transformações em nosso planeta, como a súbita queda da temperatura e grandes transformações no nascer e pôr do sol por aproximadamente 18 meses, levando anos para voltar ao normal e todas as formas de vida animal e vegetal da ilha foram destruídas. Por causa das explosões, vários tsunamis ocorreram em diversos pontos do planeta e perto das ilhas de Java e Sumatra as ondas chegaram a mais de 40 metros de altura".

Bem, Pachá, a conversa está boa, mas por hoje é só e agora vou me abrigar na Chapada do Araripe. Boa sorte Urutau, pois, segundo o Dr. Napoleão, que é o guardião da serra, a natureza por lá está em perigo e por isso estou novamente descendo para o sertão do João Vieira.

* Sobre Maroto

Maroto era o meu companheiro de infância, um papagaio irmão de Maroca (uma loura) e ambos foram criados, desde filhotes, em nossa casa, em Pilões (PB), onde eu nasci assistido por parteira. Ele foi criado solto, mas Maroca era mantida em gaiola, próxima à cozinha, sob os cuidados de Badé. Maroca falava "bom dia, boa tarde, boa noite", pedia café e mais algumas frases, mas Maroto somente assobiava e me protegia. Ele tinha muito ciúme de mim e não permitia que ninguém, incluindo papai, se aproximasse de mim. Se eu ia caçar de baladeira por perto de casa, Maroto me acompanhava voando e, quando eu parava, ele pousava em uma árvore e depois voava até o meu ombro. Ele tinha um grude comigo. Eu o colocava no dedo e ele fazia questão da minha companhia, inclusive durante a aula na Escola Isolada, onde mamãe era a nossa professora.

Muitas vezes estávamos em plena aula e de repente surgia Maroto. Ele pousava na parte de baixo da porta (em duas lâminas independentes de madeira para arejar melhor o ambiente e assim se manter a metade baixa fechada) e, em seguida, ele voava até a minha carteira. Maroto ficava andando de um lado para outro e pegando o lápis em seu reforçado bico. Mamãe determinava que eu levasse Maroto para casa e eu tinha que retornar escondido dele, pois, caso contrário, acompanhava-me de volta para a sala de aula. Por isso, eu também o considerava colega de escola, pois nós dois fomos alfabetizados pela professora dona Zita Neves Aires de Brito, na referida escolinha isolada do Posto Agrícola de Pilões (PB).

3.

UM CHURRASCO FEITO POR MAROTO

Era um final de semana, havia chovido muito da noite do sábado para o domingo no Sítio Saco e pretendíamos fazer um churrasco para o almoço do domingo, comemorando o aniversário de Maroto. Continuava chovendo forte e Pachá havia se esquecido de guardar a lenha que estava toda molhada. O que fazer?

De repente surgiu Maroto, ainda meio sonolento, e disse: se o problema é esse, eu tenho a solução! Ele pegou a lenha molhada, organizou inicialmente os gravetos na churrasqueira, adicionou um pouco de permanganato de potássio sólido ($KMnO_{4(s)}$), em seguida glicerina líquida ($C_3H_5(OH)_{3(l)}$), afastou-se um pouco e chamou todos para ver o fenômeno. Foi uma surpresa, pois todos observaram surgir de repente um grande fogaréu, o que foi suficiente para iniciar a combustão da lenha. Pachá ficou muito curioso e perguntou: como assim, Maroto? Isso é mágica ou é coisa do demônio? Nem uma coisa nem outra, respondeu, Maroto. Em seguida, Maroto explicou todo o processo, fez observações sobre essa reação que foi o assunto principal da sua festa de aniversário.

- Trata-se de uma reação de combustão, entre glicerol ou glicerina com permanganato de potássio, que libera repentinamente muito calor, de acordo com a seguinte equação química:

$$14\ KMnO_{4(s)} + 4\ C_3H_5(OH)_{3(l)} \rightarrow 7\ K_2CO_{3(s)} + 7\ Mn_2O_{3(s)} + 5\ CO_{2(g)} + 16\ H_2O_{(g)} + calor$$

- O termo Glicerina refere-se ao produto na forma comercial, com pureza acima de 95%.

- Permanganato de potássio é encontrado facilmente em farmácias, sendo um *agente oxidante*, isto é, esse composto age provocando a oxidação do combustível (glicerina).
- Um agente oxidante pode ser pensado como o doador de átomos de oxigênio para alimentar a combustão nessa reação. Fazendo uma comparação da combustão (queima) da glicerina com permanganato de potássio, com uma possível combustão da glicerina por oxigênio molecular (do ar atmosférico), nota-se que essa reação química não ocorreria espontaneamente! Por quê?

A reação entre $KMnO_{4(s)}$ e glicerina líquida é espontânea, pois, em cada molécula de permanganato, existem quatro átomos de oxigênio em sua composição, ou seja, temos o dobro de átomos de oxigênio em $[MnO_4]^-$ em relação a cada molécula de oxigênio (O_2), mas haveria reação química entre a madeira e permanganato de potássio? Também não, pois a estrutura química da glicerina, em comparação à forma polimérica da madeira, permite que reação entre $KMnO_{4(s)}$ e $C_3H_5(OH)_{3(l)}$ seja mais facilitada.

- A madeira é composta de celulose, que contém carbono, oxigênio e átomos de hidrogênio em uma estrutura polimérica organizada, assim também como na glicerina. Mas na glicerina os átomos estão muito mais disponíveis para que ocorra uma reação química, conforme as seguintes estruturas químicas:

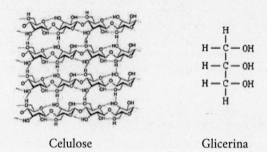

Celulose   Glicerina

- Como a reação química apresentada libera mais calor (em Química denominamos uma reação que libera calor como *reação exotérmica*), a combustão da glicerina com o permanganato de potássio é mais espontânea em comparação com a combustão da glicerina por oxigênio molecular, que precisa de ignição para ocorrer. Portanto, podemos concluir que permanganato de potássio, mesmo sólido, é um agente oxidante muito mais poderoso que oxigênio molecular gasoso ao reagir com glicerina líquida.
- Essas reações são semelhantes, pois da queima (combustão) da madeira com O_2 resulta em chama visível (fogo), cinzas e fumaça (uma mistura dos gases da combustão) + calor. E, do mesmo modo, da queima da glicerina com $KMnO_4$ também resulta em fogo, fumaça e cinzas + calor, mas a composição química dessas cinzas é diferente, pois os reagentes são diferentes. A combustão da glicerina com permanganato de potássio resulta em muito mais calor que a combustão da madeira com oxigênio molecular pelo fato de $[MnO_4]^-$ ser um agente oxidante mais poderoso que O_2.

Entretanto, permanganato de potássio, no estado sólido, não reagiria com a madeira, também sólida, ou seja, para ocorrer uma reação química, além da afinidade entre os reagentes e da espontaneidade da reação, também será necessário que eles se encontrem em um estado físico adequado para que a reação química possa acontecer.

E assim, o churrasco no Sítio Saco foi marcado por discussões sobre os processos químicos envolvidos nas reações de combustão, da glicerina e da madeira. Todos os presentes comemoraram o aniversário de Maroto, que se saiu muito bem como churrasqueiro amador, quando de repente surgiu Pachá com um gambá bêbado em seus dentes, procurando por um bafômetro químico e querendo saber como funciona aquele dispositivo.

Maroto solicitou que dessem um banho de água fria no gambá e que em outra oportunidade ele iria explicar o funcionamento do bafômetro químico.

4.

O BAFÔMETRO QUÍMICO

Por ocasião de uma visita de Maroto e Maroca ao Sítio Saco, eles, Diúra e sua esposa, Cotó, que residiam no sítio, trocavam algumas ideias regadas com uma boa pinga do Cariri e de repente surgiu Pachá que lançou a seguinte pergunta: "Diúra, o que é o bafômetro químico"?

"Bem, Pachá, eu acho que aqui no Sítio Saco você não precisa se preocupar com bafômetro, mas em todo caso eu vou explicar: bafômetro é um equipamento utilizado por policiais para verificar o nível de álcool etílico (etanol) presente no ar exalado dos pulmões de motoristas. O teste com o bafômetro químico é baseado na mudança de cor que ocorre devido à reação do álcool com um reagente específico, mas dessa reação quem entende melhor é o Maroto".

"Então, Maroto, você pode me explicar como funciona esse equipamento"? Eu quero medir o teor alcoólico nesse gambá! Novamente interveio Pachá.

Bem Pachá, existe no bafômetro um recipiente com uma solução aquosa concentrada de dicromato de potássio ($K_2Cr_2O_{7(aq)}$), que é alaranjado, misturado com ácido sulfúrico ($H_2SO_{4(aq)}$) e, se existir álcool etílico (CH_3CH_2OH) no ar exalado dos pulmões de motoristas, o bafômetro irá mudar de cor, de alaranjado para tons de verde, pois ocorre a oxidação do álcool etílico e redução do $Cr^{6+}_{(aq)}$, produzindo ácido acético ($CH_3COOH_{(aq)}$) e sulfato de Cr^{3+} ($Cr_2(SO_4)_{3(s)}$).

Nesse instante, Cotó entrou na conversa e disse: "Maroto, vamos esmiuçar essa questão: explique no papel a reação que ocorre no bafômetro, para um teste positivo de álcool etílico no sangue". Maroto concordou e, enquanto Diúra providenciava papel e caneta, Cotó se adiantou com as seguintes informações sobre os índices de álcool etílico no sangue e seus sintomas:

Etanol nosangue (gramas/litro)	Sintomas
0,1 a 0,5	Nenhuma influência aparente.
0,3 a 1,2	Perda de eficiência, diminuição da atenção, de julgamento e de controle.
0,9 a 2,5	Instabilidade das emoções e falta de coordenação muscular. Menor inibição e perda do julgamento crítico.
1,8 a 3,0	Vertigens, desequilíbrio, dificuldade na fala e distúrbios da sensação.
2,7 a 4,0	Apatia e inércia geral. Vômitos, incontinência urinária e fezes.
3,5 a 5,0	Inconsciência e morte

Diúra retornou ao recinto e, além de papel e caneta, ele também trouxe um bafômetro químico descartável, fez o teste no gambá e mostrou o resultado: o bafômetro estava verde intenso, o que acusava elevado índice alcoólico no sangue do gambá. Cotó, aqui está a equação para a reação química, acrescentou Maroto:

$2K_2Cr_2O_7 + 3CH_3CH_2OH + 8H_2SO_4 \rightarrow 2Cr_2(SO_4)_3 + 2K_2SO_4 + 3CH_3COOH + 11H_2O$
(alaranjado) (verde)

E Maroto concluiu: veja bem Pachá, na ausência de etanol, não ocorreria a reação; e a cor no bafômetro permaneceria alaranjada. Mas na presença de álcool etílico, que é a situação atual do amigo gambá, ocorreu a reação e o bafômetro se tornou em tons de verde. Portanto, este gambá está bêbado. Dê-lhe um banho de água fria e o deixe dormir sossegado!

5.

CONFERÊNCIA CÓSMICA

Após fazerem as pazes e decidirem viver em harmonia em prol de suas sobrevivências, os amigos Pachá, Canastra (um tatu criado no Sítio Saco), Maroto e Urutau se encontravam com uma grande preocupação ambiental.

Eles decidiram contribuir para o desenvolvimento de uma consciência ecológica e quanto à produção e à utilização de determinados produtos químicos.

A turma estava inquieta, pois achavam que deveriam divulgar conhecimentos mediante uma conferência cósmica transmitida via internet para todo o universo, a partir do Sítio Saco e assim procederam. O calendário do evento foi estabelecido, divulgado no Facebook e no WhatsApp e, à meia-noite do dia 31 de outubro de 2011, aconteceu essa conferência cósmica.

Verifiquem seus sistemas e vamos iniciar essa videoconferência, que está sendo gerada aqui de baixo da copa de uma centenária Janaguba. Assim falou Urutau, no centro do mundo, que anunciou Maroto como o conferencista daquela noite.

Maroto testou o sistema para falar de "Alguns aspectos sobre Química Verde", cumprimentou a todos e, em especial, Urutau, Pachá e Canastra que idealizaram aquele encontro virtual. E assim, Maroto, iniciando a sua palestra, avisou: vocês podem me interromper durante a transmissão, pois desse modo mantemos a interatividade e evitamos que Pachá durma durante a nossa conversa.

Maroto

O tratamento e a reciclagem de resíduos industriais, ou até mesmo aqueles gerados em laboratórios de ensino e de pesquisa, têm contribuído para a redução da contaminação ambiental. Entretanto, técnicas de tratamento, em geral, apresentam alto custo e requerem profissionais com conhecimento para tal, tornando-se desvantajosas em relação às técnicas de redução na fonte. Dessa forma, a sustentabilidade é o objetivo e a Química Verde um dos meios para alcançá-lo.

Pachá interveio e perguntou:

Maroto, o que é Química Verde?

Maroto: A Química Verde é abordada pela International Union of Pure and Applied Chemistry (IUPAC) como a invenção, o desenvolvimento e a aplicação de produtos e processos químicos para reduzir ou eliminar o uso e a geração de substâncias perigosas e insalubres. Logo, a Química Verde se utiliza de técnicas químicas e metodologias que reduzem ou eliminam o uso de solventes, reagentes, produtos e subprodutos que são nocivos ao meio biótico e abiótico.

Canastra queria saber mais e perguntou:

Maroto, quais são as bases para o trabalho em Química verde?

Maroto: Ao se procurar tecnologias que empregam a Química Verde, devemos estar atentos a três pontos fundamentais:

a) o uso de rotas sintéticas alternativas e seguras;

b) o uso de condições reacionais alternativas;

c) o desenvolvimento de produtos químicos menos tóxicos que as alternativas atuais e mais seguras.

Urutau agradeceu a todos e encerrou aquela videoconferência, pois Pachá já dava sinais de sonolência. Ele aproveitou aquele encontro virtual e disse: "estamos economizando energia de grandes deslocamentos e demonstrando, a partir desta conferência cósmica, que podemos conversar via internet e nos encontrar nos espaços virtuais".

6.

A BOA VIDA DO SOLDADINHO-DO-ARARIPE

Certa vez Maroto, Diúra, Cotó e um amigo se encontravam na serra, e como estavam com sede foram procurar água. Encontraram o Soldadinho-do-Araripe* e quiseram saber como ele conseguia se isolar e sobreviver naquele ambiente sombrio e úmido da serra.

O Soldadinho explicou: eu não preciso de muito para sobreviver, apenas de um pouco de sol, gás carbônico (CO_2), plantas verdes e água para que ocorra a fotossíntese. A partir desse processo natural, eu tenho as árvores, frutos, insetos, água limpa para eu sobreviver e criar a minha família. Maroto e Diúra ficaram admirados e interessados na conversa e questionaram novamente: você saberia nos explicar como surge um raio de sol? Bem, a explicação não é simples, mas vou tentar simplificar. Vocês já ouviram falar da *fusão nuclear* e da *equação de Einstein*? Não! Responderam em coro, os quatro papagaios.

Pois bem, no interior do sol ocorrem reações de fusão de dois núcleos de deutério com formação de hélio e o desprendimento de energia que leva cerca de oito minutos para chegar até nós, nos aquecer e realizar a fotossíntese. Não é fantástico? Essa energia é que mantém a vida aqui na Terra, na Chapada do Araripe, onde eu vivo; e no João Vieira e em Pilões, de onde vocês vieram. Que cara sabido, disse Diúra, mas queremos saber detalhes dessa reação nuclear que lança tanta energia no universo e que chega até nós! Não tem problema, basta vocês acompanharem o processo a seguir:

Deutério + Deutério → Hélio + Energia

Como a massa de cada núcleo de deutério = 2,0136g x 2 = 4,9272g que, comparada com à *massa molar* de hélio formado na reação (4,0015g/mol), sobram 0,0257g, que é transformada em energia de acordo com a equação de Einstein: **E = mc²**, em que E = a energia liberada na fusão nuclear; m = a massa utilizada; e c = a velocidade da luz, de aproximadamente 300.000.000 metros por segundo. Por exemplo, a fusão de poucos cm³ de deutério produz uma energia equivalente àquela produzida pela queima de 20 toneladas de carvão.

Maroto, que estava gostando da conversa, perguntou ao Soldadinho-do-Araripe: esse tipo de reação que libera energia é a mesma que temos na queima da madeira ou do gás natural? O Soldadinho respondeu que não, pois, enquanto no sol a massa é transformada em energia pela fusão de dois núcleos de deutério na combustão do metano (CH_4= gás natural), por exemplo, temos uma reação química em que existe a conservação da massa.

Então como explicar a liberação de calor na queima do metano? — perguntou Diúra. O Soldadinho respondeu de imediato: nesse caso, a energia armazenada nas ligações químicas do produto da reação (2 H_2O + CO_2) quando comparada com a energia nos reagentes (CH_4 + 2 O_2) é menor e por isso o excesso é liberado para o ambiente, conforme a seguinte reação — mas notem que a massa é conservada no processo:

$CH4(gás)$ + 2 $O2(gás)$ → 2 $H_2O(gás)$ + $CO_{2(gás)}$ + calor
16 g   64 g   =   36 g   44 g

Assim os papagaios agradeceram ao Soldadinho-do-Araripe, pela boa conversa na Chapada do Araripe e o convidaram para visitar o sertão. O convite foi agradecido, mas não foi aceito, pois não seria possível um Soldadinho-do-Araripe sobreviver no sertão nordestino.

---

* "Não existe outra ave naturalmente restrita ao Estado do Ceará, além do Soldadinho-do-Araripe. A conservação dos recursos naturais simbolizados por este pássaro é um desafio local e global que envolve

desde a população do Cariri cearense até entidades internacionais. Até 1998 este pássaro era ignorado pela ciência e pela maioria da população. Pouco habitantes das encostas da Chapada do Araripe o conheciam, o que refletiu na utilização de diversos nomes vulgares como: lavadeira-da-mata, galo-da-mata, cabeça-vermelha-da-mata etc., estando entre as 190 aves classificadas como criticamente em perigo de desaparecer no mundo, das quais 22 vivem no Brasil."

Fonte: Instituto Chico Mendes (ICMBio/MMA)

7.

UMA MESA REDONDA NO SÍTIO DA GOIABEIRA

Boa noite a todos. Eu sou Pachá e convido Urutau para ser o moderador desta mesa redonda. Urutau se dirigiu à mesa, saudou a todos e, seguindo o protocolo, convidou o palestrante Maroto para falar sobre "adubo orgânico" *versus* "adubo químico", pois esse foi o tema escolhido para aquela mesa redonda.

Agradeço o convite, mas devo avisá-los que estou afônico e por isso serei breve! E assim, Maroto iniciou a sua palestra.

Maroto

No estágio inicial da evolução da Química, as substâncias originadas de animais e de vegetais eram consideradas "orgânicas", enquanto aquelas de origem mineral e da atmosfera eram consideradas "inorgânicas". Algumas leis válidas para as substâncias "inorgânicas" não se aplicaram às substâncias "orgânicas", que eram consideradas complicadas, pois seriam produzidas nos organismos sob a ação da "força vital".

A ideia do vitalismo prevaleceu até 1828, quando Friedrich Wöhler, um químico alemão, sintetizou a ureia (NH_2CONH_2) a partir do aquecimento de cianato de amônio (NH_4OCN) de acordo com a seguinte equação química: $NH_4OCN_{(sólido)} + NH_2CONH_{2(gás)}$. Ureia era considerada um composto "orgânico", pois havia sido isolada da urina humana, em 1773, por Hilaire Rouelle. Por outro lado, o reagente (NH_4OCN) era considerado "inorgânico" e, assim, a partir de 1828, as substâncias orgânicas passaram a ser consideradas como derivadas do carbono.

Entretanto é comum, mesmo hoje em dia, a imprensa leiga ignora a Química e ainda utilizar os termos "produto orgânico" vinculado a natural e saudável *versus* "produto químico" vinculado a sintético e maléfico para a saúde humana e dos animais. Trata-se de um mito, de uma terminologia errada e já superada, que se reporta ao início do século XIX.

Veneno de cobra cascavel, por exemplo, que é natural, seria "orgânico"? Não, pois no sítio ativo da enzima responsável pela ação desse veneno existem íons Zn^{2+} que é considerado "inorgânico" e, além do mais, em dose natural, expelido da mordida da cascavel, pode ser letal aos mamíferos, mas também pode ser benéfico, pois possui uma substância que pode ser isolada e utilizada em substituição à morfina. Uma molécula similar à natural já foi sintetizada, sendo uma alternativa em tratamento de dores decorrentes do câncer e com a vantagem de ser muito mais potente e de propiciar maior duração em seu efeito, além de não causar dependência. Muito obrigado.

Maroto foi aplaudido e Urutau, para valorizar a palestra do colega e para motivar o público presente, fez uma pergunta: eu gostaria que você falasse um pouco sobre a alface "orgânica", em que se utiliza normalmente esterco de curral curtido em relação à alface cultivada por hidroponia, em que se utiliza "adubo químico".

Maroto

A pergunta é muito oportuna e agradeço para desfazer esse mito. Inicialmente, em nenhum dos casos temos um nutriente 100% natural, isto é, extraído diretamente da natureza. A composição química do esterco irá depender, por exemplo, se ele sofreu ou não a ação de minhocas, enquanto na hidroponia utilizamos uma solução nutritiva que contém sais naturais e sintéticos. Portanto, "adubo orgânico" e "adubo químico" são termos equivocados, pois, nos dois casos, utilizamos de uma mistura de composição variada, de origem natural ou sintética. E Maroto acrescentou: a composição química do esterco de curral curtido é variável. Essa variação se deve principalmente ao seu teor em água, ao sistema que foi empregado para sua conservação, mas depende obviamente do pasto e da saúde dos animais. Os seguintes dados podem ser considerados como típicos na composição química do esterco de curral curtido:

Água			75,00%
Matéria orgânica	18,0%	a	20,0%
Cinzas	4,0%	a	5,0%
N	0,4%	a	0,5%
P_2O_5	0,2%	a	0,3%
K_2O_5	0,4%	a	0,6%

Por outro lado, temos a hidroponia, que é uma técnica de cultivar plantas sem solo, em que as raízes recebem uma solução nutritiva dosada que contém água e todos os nutrientes essenciais ao desenvolvimento da planta, sendo uma opção que exige um rigoroso controle de nutrientes, do pH e da pureza da água.

Exemplo de formulação de solução nutritiva para alface:

Composto	Solução (g/1000 litros)
Nitrato de Cálcio	950
Nitrato de Potássio	900
Fosfato de Potássio	272
Fosfato de Magnésio	246
Fe – EDTA 40mM	1 litro
Micronutrientes	150 mL

Portanto, nem uma alface considerada "orgânica" e nem uma alface cultivada por hidroponia são garantias de serem saudáveis à nossa saúde, pois dependem, também, das condições de pureza química e biológica da água e do solo durante o seu cultivo, das condições de higiene durante a embalagem e do seu transporte, da estocagem etc. No momento, estamos utilizando aqui no sítio um adubo alquímico, inventado por Maroca, que é excelente para jerimum, macaxeira, tomate e cenoura, mas ainda não temos dados sobre a sua eficiência no cultivo da alface. Pelo fato de os presentes notarem que Maroto já estava praticamente sem voz, aquela mesa redonda foi encerrada com uma grande salva de palmas para o palestrante e, nesse momento, Pachá acordou, pois ele dormiu durante toda a palestra de Maroto.

8.

A QUÍMICA OCULTA NOS VAGA-LUMES

Boa noite, compadre ganso. Boa noite, comadre coruja mateira. Temos muito a conversar, mas antes diga-me de onde você vem, pois eu não lhe vejo durante o dia e você sempre aparece à noite. Bem, eu habito o Sítio Saco. Mas onde fica o Sítio Saco? Fica a 2,5 milhões de anos luz distante de Andrômeda. Andrômeda? Sim, uma galáxia!

O que faz você ficar acordado até esta hora da noite, compadre ganso? Pois é, eu perdi o sono e, por falar de luz, eu estava mesmo pensando como um pato pode me garantir que vaga-lume tem pilha de reserva? Negativo, compadre ganso, e onde já se viu um pato se meter com assuntos que somente Maroto e outros cientistas entendem?

Veja bem, compadre ganso, eu ando por aí à noite caçando vaga-lumes e outros besouros e, pelo que me consta, eles não usam pilhas e nem poderiam, pois não conseguiram voar com todo esse peso extra. Ocorre que, segundo Maroto, trata-se do processo denominado *bioluminescência*, ou seja, a emissão de luz visível por organismos vivos, algo que também ocorre nos vaga-lumes. Você poderia explicar a bioluminescência? Sim, de acordo com Maroto, essas criaturas produzem um pigmento denominado *luciferina* e uma enzima denominada *luciferase*. O pigmento reage com oxigênio molecular (O_2) para criar luz visível, enquanto a luciferase atua como um *catalisador* para acelerar a reação que ocorre ao nível celular. Para você ter uma ideia da eficiência desse processo, que é de cerca de 90%, compare, por exemplo, com uma lâmpada incandescente que, com apenas 10% da energia envolvida no processo, é convertida em luz (o restante é dissipado para o ambiente como calor). Mas não confunda esse processo químico com *fluorescência* e *fosforescência*, que são processos induzidos por fótons de luz.

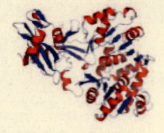

Luciferina   Luciferase

Comadre coruja mateira, são os machos ou as fêmeas de vaga-lumes que emitem luz? Ambos, compadre ganso! Segundo o amigo Maroto, vaga-lumes machos voam e emitem luz para atrair fêmeas, que geralmente não voam, mas, dependendo do seu interesse sexual, respondem ao macho com a emissão de luz; e a luz emitida pela fêmea é um pouco mais fraca que a do macho. Quando estimulada pelo pisca-pisca dos machos, ela procura chamar a atenção graças à sua luz amarelo-esverdeada e o vaga-lume macho pode mudar a intensidade do facho luminoso. Mas por que as fêmeas não voam, comadre coruja mateira? Ora, compadre ganso, os machos são mais passeadores que as fêmeas e eles emitem luz para atrair as fêmeas! O que importa, para mim, é que esse processo de comunicação entre vaga-lumes me facilita a caçada, pois assim fica muito mais fácil para eu localizá-los! Vamos revisar a lição, pois você está com sono: nessa reação, a luciferina reage com oxigênio molecular e, na presença da luciferase (uma enzima que abaixa a energia de ativação do processo de oxidação da luciferina), libera fótons de luz visível, sem precisar de pilhas. Não se esqueça da minha capacidade de boa visão noturna, mas o piscar dos vaga-lumes me facilita a caçada noturna e a minha alimentação; e assim eu espero que eles continuem piscando!

Interessante, comadre coruja mateira. Mas a *bioluminescência* ocorre apenas com vaga-lumes? Pelo que eu aprendi com o Maroto, existem lulas e outras espécies marinhas que também emitem luzes de diferentes cores, para iluminar o ambiente, para atrair as suas presas, para facilitar o ataque às suas presas e como um meio de comunicação entre elas. Comadre coruja mateira, esses animais marinhos também utilizam o mesmo sistema de bioluminescência dos vaga-lumes? Em princípio sim, mas imagine o caso das lulas, que emitem deferentes padrões de cores, ou seja, para cada cor liberada, serão necessários pigmentos específicos e diferentes sistemas enzimáticos, mas isso é complicado e vejo que você já está querendo saber demais e até me explorar com tantas perguntas! Se continuarmos a conversa, certamente eu irei precisar da ajuda de Maroto, que está dormindo! Obrigado, comadre coruja mateira, e agora eu entendo por que você consegue sobreviver à noite. Você é muito esperta e por isso representa a sabedoria! Tudo bem, compadre ganso, boa noite, mas agora vá dormir e me deixe caçar vaga-lumes, pois eu estou com fome.

9.

UM E-MAIL DE MAROTO ENVIADO A PACHÁ

Maroto, Cotó, Urutau e Canastra estavam preocupados com os hábitos alimentares de Pachá e com o seu excesso de peso corporal. Eles souberam que por último Pachá passava praticamente o dia todo dormindo. Decidiram visitá-lo, mas antes, Maroto enviou um e-mail para ele, com o seguinte texto.

Caro Pachá.

Sabemos que você não sai mais para caçar, não se exercita e que come o dia todo. Por isso, tomamos a liberdade de chamar a sua atenção sobre hábitos alimentares e saúde, que é um bem precioso, insubstituível e, desta vez, queremos falar sobre gordura trans e colesterol.

Gordura é uma classe de lipídios, moléculas com grandes cadeias de átomos de carbono, que armazenam muita energia em nosso corpo. Dividem-se em *saturadas* e *insaturadas*. As primeiras são sólidas e produzidas pelos animais, enquanto as insaturadas são líquidas, por exemplo, o óleo de soja e o azeite são produzidos a partir de vegetais e, no início do século passado, a indústria alimentar tentou descobrir uma substância mais "saudável" e barata que a gordura animal, para a fabricação de pães e outros alimentos.

A solução foi aparentemente simples: hidrogenar os óleos vegetais gerando um sólido ou uma substância pastosa e assim surgiu a gordura vegetal hidrogenada. A nova gordura, além de ser considerada na época menos danosa ao organismo, conferia aos alimentos mais tempo de conservação e melhor consistência. Surgiu a margarina, que pode ser retirada da geladeira, ao contrário da manteiga, que endurece a baixas temperaturas e aos poucos a gordura hidrogenada substituiu a gordura animal.

Entretanto, a partir da década de 1980, surgiram evidências de que a gordura hidrogenada poderia ser menos "saudável" que a gordura saturada e essa constatação têm relação com a hidrogenação industrial não completa, isto é, parcial, pois nem todas as ligações duplas são eliminadas no processo e, assim, sobra composto de partida com grupos opostos, o que em Química se reconhece pelo prefixo *trans*. Por isso o nome "gordura trans", ou seja, uma mistura de gordura hidrogenada e gordura insaturada trans, mas que confere ao produto um bom valor comercial. Veja as seguintes representações para a distinção entre a nomenclatura *cis* (os grupos R estão do mesmo lado) e *trans* (os grupos R se encontram opostos) em alcenos que são compostos insaturados.

Isómeros cis e trans em alcenos

As "gorduras trans" são extremamente difíceis de serem digeridas, portanto, com grandes possibilidades de se acumular. Por outro lado, a banha (gordura saturada animal = *cis*) é mais facilmente digerida pelo nosso sistema enzimático e, além do mais, descobriu-se que a "gordura trans" além de aumentar o LDL (*Low Density Lipoproteins*), ainda diminui o HDL (*High Density Lipoproteins*), colocando-se na lista de substâncias nocivas, pois afeta os níveis de colesterol em nosso organismo. Veja a seguir a estrutura química do colesterol.

Maroto.

Sítio da Goiabeira, 10 de outubro de 2011.

Segue a resposta de Pachá:

Prezado Maroto.

Obrigado pela amizade, mas eu não ligo para taxas de colesterol! Não se preocupe comigo e até temos ao lado de casa um cercadinho com preás do reino e um bacurim cevado para a ceia do Natal. Você, Cotó, Urutau e Canastra são os meus convidados para este Natal e Ano Novo. Eu já andava mesmo enjoado de comer pão com margarina e, por último, retornei aos velhos e bons tempos da banha de porco e da manteiga da terra. Gosto muito de rapadura com farinha, de mel de engenho com macaxeira, de alfenim e vez por outra também dou uma beliscada, para passar o tempo, em um bom torresmo. Espero por vocês e já me preparei com um pacu recheado para a virada do ano.

Pachá.
Fazenda João Vieira, 11 de outubro de 2011.

10.

UM SAMBA DE CASAMENTO NO SÍTIO SACO

Em 1936, houve um samba de casamento no Sítio Saco cuja latada foi iluminada por cinco lanternas que consistiam em uma garrafa de vidro branco transparente com cerca de 500 vaga-lumes vivos em cada lanterna. Na entrada do recinto, encontrava-se esculpido no angico a seguinte quadrinha:

> "Admiro o vaga-lume
> voando ao morrer do dia
> ligando seu pisca-pisca
> sem precisar de energia".

Esse foi o presente do pica-pau de estimação da Casa Grande do Sítio Saco para aquele casamento, que Pachá descreveu do seguinte modo:

> "Admiro o pica-pau na madeira
> do Angico toco-toco, tico-tico
> não sente dor de cabeça
> nem quebra a ponta do bico".

O terreiro de chão batido para a festa foi preparado durante três meses por uma equipe de joão-de-barro que habitava o Sítio Saco e, no dia do casamento de Filomena com Zé Cajueiro e de Gerônima com Joaquim Leite, ambas filhas da Casa Grande, a segurança ficou por conta de Pachá, que comandou oito cachorros, dois em cada canto do terreiro, vindos do João Vieira especialmente para aquele evento e todos identificados por um crachá. Bandos de pássaros, tais como graúnas, sabiás, sofreus, pintassilgos, papa-capins, curiós, rolinhas e golinhas faziam apresentações antes do samba de casamento, e, naquele momento, em um final de tarde, um coro de cigarras anunciava a grande festa! O barulho era tamanho, que Pachá se afastou e convidou um joão-de-barro para conversar e lhe fez a seguinte pergunta: João, é verdade que a vida surgiu do barro? Sim, é possível, mas a origem da mesma *quiralidade* nos organismos vivos é objeto de muitas discussões no meio científico! O termo quiralidade deriva da palavra grega χειρ, significando mão.

Alguns cientistas acreditam que a vida na terra escolheu um tipo de quiralidade por acaso, mas por que apenas os aminoácidos L são utilizados pelos seres vivos em nosso planeta? Isso significa que apenas a forma L, ou seja, metade dos aminoácidos (naturais ou sintéticos) que você utiliza em sua dieta é absorvida para ser utilizada e a outra metade (a forma D) não é utilizada pelo organismo. Alguns cientistas acreditam que deve existir algum lugar no universo, caso a vida nesse local tenha suporte no carbono, em que as moléculas teriam uma quiralidade oposta em relação à vida na terra. Então surge uma pergunta chave: por que as moléculas utilizadas por organismos vivos em nosso planeta são homoquirais, ou seja, de mesma quiralidade?

A quiralidade de aminoácidos leva à quiralidade de enzimas (isto é, o que se constitui no "modelo chave-fechadura" utilizado em Bioquímica), que, por sua vez, produz compostos naturais quirais e todos os produtos naturais quirais podem ser sintetizados por químicos que os utilizam para a construção de compostos mais complexos. Entretanto não podemos distinguir *enantiômeros*, a não ser que se disponha de um ambiente quiral, isto é, não seria possível se obter no laboratório um excesso enantiomérico (de um enantiômero em relação ao outro), a não ser que se utilize como produto de partida um enantiômero natural. Portanto, a fonte de um excesso enantiomérico deriva de sistemas vivos. Assim, esse se torna um tema fascinante e desafiador em Química e em Bioquímica, pois leva à questão da origem da quiralidade na natureza e, consequentemente, da origem da vida em nosso planeta.

Vermiculita, por exemplo, é um mineral natural associado ao amianto. Esse mineral possui uma estrutura argilosa e as argilas do tipo vermiculita têm uma estrutura de micas no interior das quais os íons K^+, situados entre as lamelas, foram substituídos pelos cátions Mg^{2+} e Fe^{2+} e a vermiculita acaba de ser utilizada por pesquisadores em Oxford e na Áustria para tentarem descobrir os segredos da origem da vida. Os pesquisadores descobriram particularmente que a argila desse tipo tinha propriedades suscetíveis de permitir resolver um dos grandes enigmas das ciências dos seres vivos, ou seja, a quiralidade.

João-de-Barro, que tipo de argila vocês utilizaram para o chão batido da festa que está se iniciando ao lado da Casa Grande do Sítio Saco? Principalmente vermiculita! Então temos vermiculita no Sítio Saco? Claro, e a vida se iniciou e evolui aqui no Saco! Então vamos retornar para celebrar a vida, finalizou Pachá, preocupado com a segurança no samba de casamento que se iniciava no Sítio Saco.

UM E-MAIL DE PACHÁ E A RESPOSTA DE MAROTO

Prezado Maroto.

Estou com sérios problemas de visão e ando meio chateado, pois Correria, um gato da vizinha, anda zombando de mim!

Consultei um oftalmologista e ele receitou um par de óculos de grau, mas, pelo forte sol do sertão do João Vieira, ele recomendou lentes fotocromáticas e por isso desejo saber a sua opinião. Por favor, se for possível, descreva o material das lentes e como elas funcionam na presença e na ausência do sol, pois são caras! Agradeço-lhe com antecedência e renovo o convite para você, Maroca, Diúra, Cotó e Urutau virem passar o Natal e o Ano Novo comigo.

Um abraço.

Pachá.

Sertão do João Vieira (CE), 12 de outubro de 2011.

Segue a resposta de Maroto.

Caro amigo Pachá.

Espero encontrar você bem de saúde, mas sabemos que você não se cuida e por isso recomendo que você consulte um médico, pois é provável que você acumule problemas relacionados com diabetes. Atendendo à sua solicitação, passo a escrever sobre lentes fotocromáticas e como elas funcionam, mas será você e o seu médico quem irão decidir sobre os óculos.

Um forte abraço, Maroto.

Sítio da Goiabeira (SC), 13 de outubro de 2011.

Lentes fotocromáticas são lentes sensíveis à radiação ultravioleta (UV), tornando-se escuras quando expostas ao sol, mas, uma vez removida a radiação solar, elas irão retornar (em cerca de dois minutos ou menos) ao seu estado inicial. Essas lentes escurecerem na presença do Sol, mas não em luz artificial, pelo fato de a luz do Sol apresentar comprimentos de onda UV apropriados para o *efeito foto redox*. Essas lentes podem ser fabricadas em vidro, em policarbonato ou em outro polímero. A versão em vidro surgiu na década de 1960, mas somente em 1991 é que apareceu a versão comercial em plásticos.

As lentes em vidro atingem suas propriedades fotocromáticas devido à presença de microcristais de haletos de prata (normalmente cloreto de prata = AgCl) ou devido a *moléculas fotocrômicas* enxertadas na composição do vidro. O vidro comum é normalmente fabricado a partir do dióxido de silício ou da areia de quartzo (SiO_2), que apresentam uma estrutura cristalina normalmente tetraédrica. Um tipo de vidro fotocromático tem microcristais de Ag^+Cl^- entre os tetraedros de sílica. Quando o vidro absorve a radiação UV do sol, ocorre a transferência do elétron do íon cloreto (Cl^-) para o íon Ag^+, produzindo átomos de prata (Ag^o) e de cloro (Cl^o), conforme as seguintes equações parciais e a reação total, que representam a reação foto redox. Note que a soma da reação (1) com a reação (2), resulta na reação total (fotoinduzida pela luz UV do sol) e que os elétrons se cancelam no processo:

$$(1) \quad Cl^- \xrightarrow{luz\ UV} Cl^o + e^-$$
$$(2) \quad Ag^+ + e^- \longrightarrow Ag^o$$
$$(1) + (2) = Ag^+Cl^- \xrightarrow{luz\ UV} Ag^o + Cl^o$$

Os átomos de prata, formados na reação anterior, juntam-se formando pequenas partículas de prata que absorvem e refletem a luz UV do sol, escurecendo as lentes. Íons Cu^+ são adicionados juntos aos micros cristais de cloreto de prata, para reagir com os átomos de cloro liberados e assim são regenerados os íons Cl^-:

$$Cu^+ + Cl^0 = Cu^{2+} + Cl^-$$

Quando alguém está usando óculos com esse tipo de lente e vem de fora (na presença do Sol) para dentro de casa (na ausência do sol), os íons Cu^{2+} (formados na reação acima), migram para a superfície do cristal e aceitam um elétron da prata, reciclando o processo:

$$Cu^{2+} + Ag^0 \rightarrow Cu^+ + Ag^+$$

Por outro lado, lentes fotocromáticas de plásticos contêm moléculas fotocrômicas orgânicas. Por exemplo, as oxazinas (são compostos heterocíclicos contendo um oxigênio e um nitrogênio) para se atingir a reversibilidade (escurecimento $\rightleftarrows$ clareamento) no processo fotocromática nas lentes, mas o mecanismo da reação foto redox nesse tipo de lentes seria mais complicado para explicá-lo aqui. A utilização de óculos com lentes fotocromáticas é um bom exemplo do resultado da pesquisa básica e aplicada em Química para a obtenção de novos materiais que nos propiciam maior conforto e saúde para os nossos olhos.

12.

A DATAÇÃO POR CARBONO-14 DOS REGISTROS RUPESTRES DA CHAPADA DO ARARIPE

Cotó se encontrava muito abalada após o ataque de um carcará e, para distraí-la, Diúra convidou Maroto e Maroca para irem passar um final de semana no Sítio Saco. O convite foi aceito e, como Maroto se interessou em conhecer alguns registros rupestres da Chapada do Araripe, os três visitaram Santa Fé, Olho d'água de Santa Bárbara, Tatajuba, Pedra do Convento, Pedra do Letreiro e Cajueiro. Foi um passeio agradável, muito interessante, e Cotó se refez um pouco do susto da investida do malvado gavião. Enquanto Pachá e sua equipe cuidavam das galinhas do sítio do ataque das raposas, a conversa se iniciava à beira de uma fogueira no terreiro da Casa Grande do Sítio Saco e, naquela linda noite de lua cheia, apareceu Urutau. Os três lhes deram as boas-vindas, mas logo Diúra lhe fez a primeira pergunta: Urutau, como descobrir a idade de pinturas rupestres?

Utilizando a técnica de carbono-14, respondeu Urutau, que acrescentou: o carbono-14 (com 6 prótons e 8 nêutrons em seu núcleo) é um isótopo radioativo natural do elemento químico carbono, pois o carbono normal apresenta-se com número de massa igual a 12 e se estabiliza com 6 prótons e 6 nêutrons em seu núcleo atômico. O elemento carbono apresenta alguns isótopos, mas é o carbono-14 que apresenta maior *meia-vida*, que é de aproximadamente 5.730 anos, isto é, a cada 5.730 anos a quantidade de C-14 existente em um tecido orgânico se dividirá pela metade, mas, após cerca de 50 mil anos, essa quantidade começa a ser pequena demais para uma datação precisa.

Urutau, como se forma esse carbono-14? Perguntou Cotó.

O carbono-14 se forma nas camadas superiores da atmosfera, onde átomos de nitrogênio-14 (com 7 prótons e 7 neutros em seu núcleo) são bombardeados por nêutrons contidos nos raios cósmicos conforme a seguinte reação nuclear:

$$7N^{14} + 0n^1 \rightarrow 6C^{14} + 1H^1$$

Esse carbono-14 reage com oxigênio molecular (O_2) do ar atmosférico e se forma $C^{14}O_2$, cuja quantidade permanece constante na atmosfera, sendo absorvido por animais e vegetais. Assim, enquanto o animal ou vegetal estiver vivo, a relação quantitativa entre o C^{12} e C^{14} permanece constante, mas, após a morte, a quantidade de C^{14} existente em um tecido orgânico se dividirá pela metade a cada 5.730 anos. Desse modo, como a concentração de C^{14} na matéria viva é constante e decai em velocidade conhecida, após a morte de um ser vivo, é possível determinar a idade dos registros rupestres medindo-se a radioatividade do C^{14} remanescente na amostra.

Você poderia explicar com mais detalhes esse processo? Solicitou Cotó.

Sim, quando o ser vivo morre, inicia-se uma diminuição da quantidade de carbono-14 devido à sua desintegração radiativa. No carbono-14, um nêutron do núcleo se desintegra produzindo um próton (que permanece no núcleo aumentando o número atômico de 6 para 7, ou seja, ocorre uma *transmutação* nuclear e se forma um novo elemento químico, no caso o nitrogênio) com emissão de uma partícula beta, isto é, um elétron nuclear. Desse modo, como resultado da desintegração do carbono-14, surge como produto o átomo de nitrogênio-14:

$$6C^{14} \rightarrow 7N^{14} + -1\beta 0$$

Maroto, que também estava interessado nos fósseis da Chapada do Araripe, perguntou a Urutau: esse método pode ser utilizado para a datação de fósseis? Urutau respondeu que não, pois fósseis têm idades da ordem de milhões de anos e assim, para serem datados, será necessário o decaimento de outros elementos radioativos, com meias-vidas mais longas.

13.

O ACIDENTE FATAL DE PACHÁ

Pachá, em sua juventude, tornou-se o grande mestre fogueteiro do Sítio Saco. Era ele quem preparava os fogos de artifício para a comemoração da passagem de ano e para as festas juninas, mas agora, velho, quase cego e doente, ele foi aconselhado pelos amigos a não mais realizar aquela tarefa e de não mais se meter com bombas, nem com fogos de artifício. Para ele, isso foi um grande desânimo e um possível anúncio do final da sua vida. Ele sentiu que perderia a sua importância na hierarquia da Casa Grande do Sítio Saco e resistiu em se aposentar da função de mestre fogueteiro!

Então Correria, zombando de Pachá, desafiou-o a falar sobre a sua arte e a sua ciência e a demonstrar toda a sua habilidade e experiência de grande mestre fogueteiro do Sítio Saco. Pachá topou e iniciou dizendo: Correria, você sabia que a pólvora foi descoberta na China, durante a dinastia Han? A descoberta foi feita por alquimistas, por acidente, que procuravam pelo *elixir da longa vida*, mas somente muito depois é que a pólvora começou a ser usada na China na forma de foguetes e de bombas explosivas com propósitos militares e lançadas de catapultas contra o exército inimigo. Entretanto, aqui no Sítio Saco, nós utilizamos a pólvora em traques, rojões, rabo de saia e em fogos de artifício para os festejos de final de ano ou nas festas juninas. Sempre fui eu o mestre fogueteiro do Sítio Saco! E Pachá acrescentou: a pólvora negra é composta dos seguintes ingredientes granulares, em valores aproximados: enxofre (12%); carvão vegetal (13%), que provê o carbono; e salitre (KNO_3 = 75%), que provê oxigênio como agente oxidante do carbono e do enxofre. Após a ignição, ocorre a seguinte reação básica:

$$2KNO_3 + S + 3C \rightarrow K_2S + N_2 + 3CO_2 + calor$$

Portanto, trata-se de uma reação de oxidação do carbono e de redução do nitrogênio e do enxofre, mas existem outras propostas na literatura tal como:

$$16KNO_3 + 6S + 13C \rightarrow 5K_2SO_4 + 2K_2CO_3 + K_2S + 8N_2 + 11CO_2 + calor$$

Quando realizada em recipiente aberto, após ignição, essa reação ocorre com grande desprendimento de calor, mas sem problemas. Entretanto, se o recipiente estiver fechado, a reação se torna explosiva devido aos gases liberados no produto da reação — como ocorre em bombas e nos fogos de artifício.

Muito bem Pachá, você é muito bom na teoria e me convenceu que conhece tudo sobre a pólvora, mas faça uma demonstração para você me convencer também da sua capacidade de ser o grande mestre fogueteiro do Sítio Saco! Como Pachá nunca aceitou ser desafiado, ele demonstrou o processo de obtenção da pólvora negra, mas, quando ele preparou a primeira bomba, ocorreu um acidente fatal e Pachá morreu. Correria, muito ligeiro, desapareceu no meio do cafezal e dos grotões do Sítio Saco e somente retornou após o funeral de Pachá.

Maroto, Diúra e Cotó desconfiaram de Correria e decidiram realizar exames detalhados no material coletado no gato e enviaram o material para Urutau analisar, pois ele é especialista em Química Forense. Urutau realizou testes químicos no material coletado em Correria e descobriu resíduos de pólvora negra! Maroto, Diúra e Cotó concluíram que Correria provocou o óbito de Pachá e que "um cachorro nunca deve de envolver com gatos".

14.

A FUNDAÇÃO PACHÁ E O PROJETO LABODEX: REAÇÕES QUÍMICAS ESPETACULARES

Intelectuais da região do Cariri — como Diúra, Maroto, Maroca, Urutau e Cotó — queriam homenagear o amigo Pachá e inauguraram uma fundação com o seu nome para a divulgação da ciência. Com isso, eles esperavam atrair estudantes do ensino médio para o estudo da Química e, com a ajuda do Dr. Napoleão, eles montaram o Laboratório de Demonstração e de Experimentação (Labodex) na comunidade do Saquinho.

Eles decidiram realizar um show de Química, iniciando com duas reações espetaculares: a reação do açúcar com ácido sulfúrico e a reação oscilante de Briggs-Rauscher. As visitas ao Labodex eram realizadas em finais de semana e agendadas via internet na página da Fundação Pachá. Esse projeto alcançou muito sucesso, pois foram agendadas visitas antecipadas em anos. Maroto fez questão de apresentar o primeiro show de Química no projeto Labodex da Fundação Pachá, mas, em seguida, ele e Maroca se ausentaram do Saquinho para visitarem Pilões (PB) e depois o Sitio da Goiabeira (SC). Diúra, Urutau e Cotó assumiram a Fundação Pachá, e as atividades de divulgação da ciência no referido projeto científico.

14.1 Reação do açúcar com ácido sulfúrico

Trata-se de uma demonstração de uma reação química muito simples, mas ao mesmo tempo espetacular.

O ácido remove água do açúcar (sacarose) em uma reação que libera muito calor enquanto os gases $CO_{2(gás)}$ e $SO_{2(gás)}$ são depreendidos forçando a subida do carbono no recipiente da reação.

Materiais:

- 70 g de açúcar;
- 20 mL de água;
- 70 mL de ácido sulfúrico concentrado;
- béquer de 300 mL;
- um bastão de vidro para agitar a solução.

Atenção: para evitar acidentes, realize a experiência em uma *capela química* com o exaustor ligado e em ambiente bem arejado. Não entre em contato com os gases liberados na reação, nem com os vapores tóxicos do ácido sulfúrico! Após a demonstração, neutralize o excesso de ácido com $NaHCO_{3(aq)}$.

O que ocorreu na demonstração? Perguntou Maroto, que comentou em seguida: basicamente o açúcar foi desidratado e o ácido sulfúrico foi hidratado, de acordo com a seguinte equação química:

$$C_{12}H_{22}O_{11} \rightarrow 12\ C\ (grafite) + 11\ H_2O$$

Mas o processo acima representa uma simplificação, pois parte do carbono é oxidado a $CO_{(gás)} + CO_{2(gás)}$ e o enxofre é reduzido de 6^+ (em H_2SO_4) para 4^+ (em SO_2), portanto, ácido sulfúrico, além de atuar como desidratante do açúcar, também atua como *agente oxidante* e sofre redução no processo redox, conforme as seguintes etapas:

$$\overset{0}{C} + 6H_2O \longrightarrow \overset{4+}{C}O_2 + 4H_3O^+ + 4e^-$$

$$\overset{6+}{S}O_4^{2-} + 3H_3O^+ + 2e^- \longrightarrow H\overset{4+}{S}O_3^- + 4H_2O \quad (\times 2)$$

$$\overline{\overset{0}{C} + 2\overset{6+}{S}O_4^{2-} + 2H_3O^+ \longrightarrow CO_2 + 2HSO_3^- + 2H_2O}$$

Algum carbono é oxidado a monóxido de carbono (CO) e a dióxido de carbono (CO_2) e parte do ácido sulfúrico é reduzido a ácido sulfuroso ($HSO_{3\ (aq)}^-$) que se transforma em dióxido de enxofre

(SO_2), que se libera da reação. O calor desprendido na reação facilita a liberação dos gases que levantam o carbono produzido na câmara de reação. Vocês teriam uma boa aplicação para o carbono (grafite) produzido nessa reação? Essa foi a pergunta que Maroto faz aos primeiros alunos que visitaram o Projeto Labodex da Fundação Pachá. Após algum debate sobre as possibilidades do aproveitamento do carbono, ele mesmo respondeu: nós pretendemos transformar o *grafite* em *diamante* e, com a venda desse cobiçado produto, nós manteremos a Fundação Pachá!

14.2 A reação oscilante de Briggs-Rauscher

Essa reação é geralmente utilizada em shows de Química, pois se trata de uma impressionante reação periódica. Entretanto, devido à complexidade, ela se torna de difícil entendimento. A reação de Briggs-Rauscher faz parte de uma série de reações denominadas oscilantes ou periódicas, pois oscilam em um determinado período, apresentando diferentes cores. Vocês irão acompanhar uma reação química entre três soluções incolores, que lentamente se tornam âmbar e repentinamente mudam para um azul escuro. Em seguida, a solução volta a ser incolor e o processo se repete, por cerca de 10 vezes, até se estabilizar em um azul escuro. Assim, Maroto fez a preleção para a demonstração da reação oscilante de Briggs-Rauscher e acrescentou: temos duas palavras-chaves na Química redox, *redução* que corresponde ao ganho de elétrons e *oxidação* que é a perda de elétrons.

Introdução

A reação que vocês acabaram de assistir foi desenvolvida por Thomas S. Briggs e Warren C. Rauscher, como uma adaptação de duas outras reações oscilantes: a reação de Bray-Liebfafsky (BL) e a reação de Belousov-Zhabotinsky (BZ). Bray (1921) investigava o peróxido de hidrogênio (H_2O_2) como *agente oxidante* (que sofre redução) e como *agente redutor* (que sofre oxidação), quando descobriu oscilações na produção de oxigênio gasoso a partir de uma mistura reacional. Ele misturou peróxido de hidrogênio, iodato de potássio (KIO$_3$) e ácido sulfúrico. Nessa mistura, peróxido de hidrogênio reduz iodato (IO$_3^-$) a iodo (I$_2$), sendo oxidado a O$_{2(gás)}$ no processo redox. Por outro lado, Belousov publicou uma reação oscilante a partir da mistura de ácido cítrico (C$_6$H$_8$O$_7$) com íons bromato (BrO$_3^-$) em meio ácido e íons cério (IV).

Zhabotinsky (1958) descobriu que essas oscilações também ocorrem quando o ácido cítrico é substituído por ácido malônico (C$_3$H$_4$O$_4$) e quando os íons cério (IV) são substituídos por íons Mn^{2+}. Assim, Briggs e Rauscher (1973) combinaram o peróxido de hidrogênio e iodato da reação BL com o ácido malônico e íons Mn^{2+} da reação BZ e descobriram a reação que leva os seus nomes, chegando a cerca de 10 ciclos de cores, que variam do âmbar ao azul escuro, sendo uma das reações oscilantes mais impressionantes.

Como funciona a reação de Briggs–Rauscher?

Essa é uma pergunta complicada para ser explicada aqui, mas vamos apresentar uma ideia, iniciando pela preparação das soluções dos reagentes, seguido do procedimento de como se deve realizar a reação e de como o resíduo deve ser tratado, comentou Maroto. Assistam novamente ao vídeo, que foi gravado em minha demonstração, e, em seguida, acompanhem atentamente os nossos comentários sobre um possível mecanismo para essa interessante reação química.

1) Preparação das soluções

O preparo das soluções deve ser realizado na capela química, com o exaustor ligado e utilizando óculos de proteção.

- Solução A: adicione 43 g de iodato de potássio (KIO$_3$) a cerca de 800 mL de água destilada; adicione 4,5 mL de H$_2$SO$_4$ concentrado e com agitação constante; continue agitando até que todo o KIO$_3$ se dissolva; dilua, com água destilada, a solução até 1L.

- Solução B: adicione 15,6g de ácido malônico (HOOC-CH$_2$COOH) e 3,4g de sulfato de manganês monoidratado (MnSO$_4$.H$_2$O) em cerca de 800 mL de água destilada; adicione a essa solução 4,0g de amido e agite até a completa dissolução; dilua, com água destilada, a solução até 1L.
- Solução C: dilua, com água destilada, 400 mL de peróxido de hidrogênio (H$_2$O$_2$) 30% até 1L.

Observação: Ácido sulfúrico é utilizado para manter o meio ácido realizando o ajuste de cargas na reação redox. Mn^{2+} participa como catalisador de alguma etapa da reação e o amido funciona como um indicador de iodo e iodeto durante essa reação periódica.

2) Procedimento para a realização da reação

Adicione 50 mL da solução A e igual volume da solução B em um béquer de 250 mL e inicie a agitação; adicione 50 mL da solução C; a oscilação de cor na mistura irá iniciar em cerca de 15 segundos.

3) Tratamento dos resíduos da reação

Na reação, irá se formar iodo (I$_2$), que deverá ser neutralizado via redução a iodeto (I$^-$). Para isso, adicione cerca de 10g de tiossulfato de sódio sólido (Na$_2$S$_2$O$_3$) à mistura. Agite até que a mistura se torne incolor. A reação entre tiossulfato e iodo é exotérmica (libera calor), portanto, deve ser realizada em um banho de gelo/água. Uma vez neutralizada, a mistura poderá ser descartada no esgoto da pia e drenada com água.

Caso vocês queiram entender sobre um possível mecanismo que ocorre na reação oscilante de Briggs-Rauscher, acompanhem a seguinte discussão, mas essa parte foi evitada por Maroto, pois o seu público eram alunos do ensino médio.

Discussão

Esta reação envolve muitas etapas, sendo uma delas a formação de iodo e gás oxigênio. Quando a concentração de iodo se torna elevada, forma-se I$_3^-$ (representando a associação de I$_2$ + I$^-$) que, associado ao amido, torna a solução azul escura. Em uma segunda etapa, os íons iodeto são consumidos, revertendo o complexo azul e, assim, à medida que a concentração dos íons iodeto oscila, provoca uma oscilação na cor da solução, de incolor para âmbar e para azul intenso. Portanto, o principal conceito dessa reação periódica é evidenciar que duas reações podem oscilar, sendo o produto de uma das reações o reagente da outra reação. Apresentamos a seguir um resumo das equações químicas envolvidas na reação oscilante de Briggs-Rauscher:

$$5H_2O_2 + 2IO_3^- + 2H^+ \rightarrow I_2 + 5O_2 + 6H_2O$$
$$5H_2O_2 + I_2 \rightarrow 2IO_3^- + 2H^+ + +4H_2O$$

Trata-se de um mecanismo complicado, mas vamos tentar apresentar algumas ideias do que ocorre durantes um ciclo nessa reação. Devemos enfatizar que todas as etapas propostas a seguir têm suporte em dados experimentais (cinéticos, termodinâmicos de ativação e em análises químicas), que não serão apresentados nem discutidos aqui, ou seja, não se trata apenas de propostas mirabolantes de químicos que se interessam pela área de mecanismos de reações, mas de "um jogo entre teorias e experimentações em Química".

Inicialmente, iodato e peróxido de hidrogênio reagem (reação catalisada pelo íon Mn^{2+}) para formar ácido hipoiodoso (HOI), com evolução de oxigênio na forma gasosa.

$IO_3^- + 2H_2O_2 + H^+ \rightarrow HOI + 2O_2 + 2H_2O$ (incolor) \hfill (1)

Essa reação pode ocorrer por meio de duas possibilidades de mecanismos intermediários, sendo um deles lento e o outro rápido. O mecanismo lento requer íons iodeto como intermediários, sendo consumidos (como reagentes) e regenerados (como produtos) na reação. Como no início da reação não existe íons iodeto, a reação (1) ocorre inicialmente pelo mecanismo rápido. O ácido HOI, produzido na reação (1) é consumido pela reação com peróxido de hidrogênio (equação 2).

$HOI + H_2O_2 \rightarrow I^- + O_2(gás) + H^+ + H_2O$ (incolor) \hfill (2)

O iodeto produzido nessa reação é consumido a partir de duas rotas competitivas. Primeiro, o iodeto provoca a reação (1) a mudar para o mecanismo lento. Com isso, resulta em uma menor produção de HOI na reação (1). Segundo, o iodeto reage com HOI, para produzir iodo o que causa o aparecimento da cor âmbar no início da reação, de acordo com (3).

$$I^- + HOI + H^+ \rightarrow I_2 + H_2O \text{ (âmbar)} \quad (3)$$

Quando essa reação ocorre, existe uma grande quantidade de HOI presente no meio, mas somente uma pequena quantidade de iodeto. Como resultado, os íons iodeto são rapidamente consumidos para formar iodo, assim, à medida que a reação (2) ocorre, a concentração de HOI decresce e a concentração de iodo aumenta. Quando existirem suficientes íons iodeto no meio, eles irão formar a cor azul escura, juntamente com iodo elementar e o amido presente na mistura reacional (4).

$$I^- + I_2 + \text{amido} \rightarrow \text{(azul escuro)} \quad (4)$$

O iodo formado é eventualmente consumido pela reação redox com o ácido malônico (5).

$$I_2 + CH_2(COOH)_2 \rightarrow ICH(COOH)_2 + H^+ + I^- \quad (5)$$

Quando iodo for suficientemente consumido, então a cor da solução muda de azul escuro para clara. Os íons iodeto formados, pela redução do iodo, provocam a mudança da reação (1) para o seu mecanismo lento e esse mecanismo consiste em três etapas. As duas primeiras estão representadas a seguir:

$$IO_3^- + I^- + 2H^+ \rightarrow HIO_2 + HOI \quad (6)$$

$$HIO_2 + I^- + H^+ \rightarrow 2HOI \quad (7)$$

A terceira etapa é a reação (2). A combinação das equações (6) + (7) + 2x(2) resulta na equação (1). As etapas (6) e (7) são lentas, quando comparadas a equação (3). Portanto, o iodo é consumido mais rapidamente que regenerado pela equação (2). Como resultado do consumo dos íons iodeto, a reação (1) muda para o seu mecanismo rápido e o ciclo se reinicia. Assim, como resultado final, podemos visualizar uma reação periódica, ou seja, apresentando ciclos de cores, entre incolor, âmbar e azul escuro, e de volta para incolor, mas, ao final de mais de 10 ciclos, a reação fica lenta devido ao consumo do peróxido de hidrogênio e do ácido malônico.

15.

UM RETIRO DE PÁSCOA NAS QUEBRADAS DO CABOCLO

Era Semana Santa na Fazenda Caboclo e a turma decidiu fazer um retiro no mato. A motivação era grande, mas alguém teria que limpar embaixo da copa de um velho juazeiro para abrigar a comitiva e logo Jacu se ofereceu para realizar essa tarefa. A Garça vaqueira ficou de plantão para dar conta de pequenos insetos. Correria se ofereceu para cuidar de pequenas cobras e o transporte dos mantimentos foi realizado por Latada, uma jumenta parida muito mansa, que preferia ficar escutando as conversas de Diúra, Cotó e Tupã (neto de Pachá)!

Latada puxava uma pequena carroça feita de bambus, com pneus de bicicleta e a caminhada foi longa e cansativa. Ao chegarem ao Açude Caboclo, eles se encontraram com Maroto e Maroca, vindos de Pilões (PB), que se juntaram à comitiva naquele retiro de Páscoa nas quebradas do Caboclo. Foi uma alegria só e todos estavam encantados com aquele paraíso.

Logo que chegaram ao destino, Latada lançou a seguinte questão: seria possível mover esta carroça com hidrogênio? Sim, respondeu Maroto, desde que se tenha hidrogênio para realizar a reação e gerar energia. Se vocês conseguirem um saco de batatas, é possível fazer uma *pilha eletroquímica* que irá gerar a eletricidade necessária para decompor a água em hidrogênio e oxigênio, para depois realizarmos a reação inversa. Não há problema, respondeu Diúra, Cotó e Tupã. Nós três vamos procurar uma roça de batata doce na vazante do Açude do Caboclo, mas Latada terá que nos acompanhar para trazer a carga!

Ao retornarem com as batatas, a pilha foi montada, a eletricidade foi gerada, mas a *eletrólise* não funcionou, pois eles não dispunham de um eletrólito para ionizar a solução. Tupã, muito curioso e sem querer, mas por instinto resolveu o problema, pois deixou escapar urina na água e "eureca"! Iniciou-se a liberação de gases da solução e Maroto se animou mais uma vez e explicou para todos: para que a eletrólise funcione será necessário fechar o circuito elétrico, o que nos obriga adicionar um eletrólito à água e nesse caso foi a ureia da urina de Tupã que resolveu o problema.

Uma corrente elétrica decompõe a água em hidrogênio e oxigênio conforme a seguinte equação química: $2H_2O_{(líquido)} \rightarrow 2H_{2(gás)} + O_{2(gás)}$. Observe na animação para a eletrólise da água, que se desprende o dobro do volume de hidrogênio em relação ao volume de oxigênio, o que comprova a fórmula química H_2O para a água. Notem também que, do terminal inferior de um tubo ligado ao polo positivo da bateria, desprende-se oxigênio e, do terminal do tubo ligado ao polo negativo, desprende-se hidrogênio. Mas Tupã questionou: como você sabe a composição química de cada gás liberado da eletrólise da água? Maroto respondeu que poderia demonstrar realizando a reação inversa, isto é, a *síntese da água*, pois oxigênio se encontra presente em aproximadamente 21% da composição do ar atmosférico e, por meio de uma ignição, ocorreria a seguinte reação química:

$$2H_2(gás) + O_2(gás) \rightarrow 2H_2O(líquido) + calor.$$

Maroto utilizou dois tubos de bambus para recolher os gases gerados da eletrólise da água, um para cada eletrodo e para convencer Tupã da sua explicação fez um teste para demonstrar a presença de hidrogênio. Ele levou um fósforo aceso na saída do tubo ligado cátodo (polo negativo) e todos ouviram um forte estampido. Nesse exato momento, um touro zebuíno que bebia água em um riacho próximo se assustou e disparou na capoeira, mas, desorientado, atropelou a cria de Latada que estava pastando próximo à sombra do juazeiro.

Esse acidente provocou o cancelamento do retiro espiritual de Páscoa e todos retornaram à Fazenda Caboclo.

Moral da história: não se deve brincar com fogo em um retiro de Páscoa, concluiu Maroca.

16.

O DESCUIDO DE TUPÃ E A FABRICAÇÃO DO SABÃO CASEIRO NO SÍTIO SACO

Maroto não dormiu bem. Levantou cedo e encontrou Tupã preocupado. Será que o problema na água do Sítio Saco está na água ou no sabão que utilizamos aqui? Por que essa água faz pouca espuma? Perguntou Tupã para Maroto. Tupã, isso indica que as águas do Sítio Saco não são moles, assim como em muitas fontes da chapada do Araripe, respondeu Maroto. Mas Tupã quis saber o que significava *dureza da água* e Maroto informou: a da água é definida em termos da concentração dos íons Ca^{2+} ou Mg^{2+}, que provém da dissolução de rochas calcárias, abundante aqui no Sítio Saco e por isso estas águas são cristalinas.

Por outro lado, essas águas são fontes de cálcio para os dentes e o esqueleto, e por isso, você é saudável nesse requisito. Maroto acrescentou: dependendo da concentração desses cátions, as águas são classificadas como duras (teores acima de 150 $mg.L^{-1}$), moles (teores abaixo de 75 $mg.L^{-1}$) ou moderadas (entre 75 e 150 $mg.L^{-1}$). Obrigado pela explicação Maroto, mas eu tenho outra pergunta: como se faz o sabão caseiro? Esse é um processo antigo, já realizado em tribos germânicas. Eles ferviam o sebo de cabra, ou de ovelha, ou a gordura de porco com a lixívia potássica (KOH, feita com as cinzas de madeira), mas também podemos utilizar NaOH (soda cáustica) em substituição ao KOH. A reação dá origem aos sais de ácidos carboxílicos (sabão) e ao glicerol, conforme apresentado a seguir:

$$\begin{array}{c}CH_2-O-\underset{\underset{O}{\|}}{C}-R \\ CH-O-\underset{\underset{O}{\|}}{C}-R' \\ CH_2-O-\underset{\underset{O}{\|}}{C}-R'' \\ \text{glicerídio} \\ \text{(gordura)}\end{array} \xrightarrow{\underset{\Delta}{3\,NaOH}} \begin{array}{c}CH_2-OH \\ CH-OH \\ CH_2-OH \\ \text{glicerol}\end{array} + \begin{bmatrix}R-\underset{\underset{O}{\|}}{C}-O^-Na^+ \\ R'-\underset{\underset{O}{\|}}{C}-O^-Na^+ \\ R''-\underset{\underset{O}{\|}}{C}-O^-Na^+\end{bmatrix} \\ \text{Sabão}$$

Bingo! Exclamou Tupã, pois ele teve uma ideia e comentou: hoje de madrugada eu encontrei uma porca bem gorda, morta por ataque de raposas durante a noite passada. Seria possível aproveitar a gordura para fazer sabão? Na verdade Tupã, que era o encarregado da segurança das cabras, das ovelhas, dos porcos e das galinhas, dormiu no serviço e por isso encontrou na explicação de Maroto a oportunidade de aproveitar a banha da porca para fazer sabão, pois ele precisava tomar um bom banho e se ensaboar nas águas cristalinas do Sítio Saco. Ele estava muito suado e sujo de tanto correr, subindo e descendo grotões, para afastar as raposas durante aquela longa noite!

Não há problema Tupã, comece a juntar a lenha, faça o fogo, limpe bem o taxo de cobre que eu vou chamar Maroca para a imediata fabricação do sabão. Como você já me avisou que não tem cinzas em estoque, ela poderá utilizar soda cáustica para realizar a hidrólise da banha, conforme a reação que eu apresentei.

Maroca utilizou os seguintes ingredientes: 6 kg de banha da porca; 2 litros de água; 1 kg de soda cáustica e, no final, um pouco de sal de cozinha (NaCl) para dar o ponto. Primeiro, ela derreteu a banha e, sempre mexendo com uma grande colher de pau, ela ia adicionando a soda cáustica já previamente dissolvida em água. Ela retirava alíquotas da solução e testava a basicidade diretamente na língua! Quando ela achou que estava perto do ponto, adicionou porções de sal de cozinha e mexeu um pouco mais até engrossar. O sabão ficou pronto, Maroca deixou endurecer e depois Tupã cortou um bom pedaço do sabão caseiro comum e foi direto para o riacho para tomar um bom banho nas águas cristalinas do Sítio Saco.

17.

UM PIQUENIQUE NA BACIA DO AÇUDE CABOCLO

Era janeiro, o inverno no sertão estava dos melhores, o Açude Caboclo estava cheio, quase sangrando e até os cachorros mudaram de humor!

A vida ressurgiu no sertão e a natureza estava em festa. Após o almoço, todos conversavam alegremente na varanda da casa, mas Maroto, pensativo e isolado, admirava atentamente o magnífico lago dominado pela visão da casa no alto e em seguida ele foi se deitar. A saudade da sua infância foi tanta que não seria possível ficar passivo e apenas observar a exuberante natureza em volta do Açude Caboclo. Maroto adormeceu. Em seguida ao descanso, os amigos Tupã, Maroto, Maroca, Diúra, Jacu, Tatu e Graxaim (uma raposa de estimação daquela fazenda) decidiram fazer um piquenique embaixo da sombra de um pé de manga, na bacia do Açude Caboclo. Devido à enchente que inundou o local, eles decidiram ir de canoa, mas logo enfrentaram o primeiro problema: a correnteza era tamanha que a força da água os trouxe à direção do sangradouro. Por um descuido, eles foram arrastados pela força da água e desceram atropelando peixes em plena piracema.

Ufa, suspirou Maroto, por pouco a canoa não virou, mas agora que estamos aqui vamos aproveitar para encher um balaio com peixes e levá-los para o nosso piquenique. Eles retornaram para a sede da fazenda, decidiram por outro percurso e dessa vez eles tiveram que entrar na mata. A noite chegou e Maroto acendeu a sua lanterna de carbureto (carbeto de cálcio = CaC_2). Como isso funciona, Maroto? Perguntou Graxaim. Essa luz vem da queima do acetileno (C_2H_2) gerado da reação do carbureto com água, conforme as seguintes equações:

65

Obtenção do acetileno: $CaC_{2(s)} + 2\,H_2O\,C_2H_{2(gás)} + Ca(OH)_{2(sólido)} + calor$

Combustão do acetileno: $2\,C_2H_{2(gás)} + 5\,O_{2(g)}\,4\,CO_{2(g)} + 2\,H_2O_{(g)} + calor$

Após ignição, o acetileno obtido entra em combustão com o oxigênio do ar atmosférico produzindo a chama com temperatura acima de 3.300ºC e liberando uma quantidade de energia de 11.800 $J.g^{-1}$. Essa energia da chama também pode ser utilizada para soldar ou cortar metais, acrescentou Maroto. E assim, conversando, eles se distraíram e tomaram uma direção diferente. Eles se perderam no mato, mas tatu, que conhecia bem aquelas quebradas, conseguiu finalmente localizar o pé de manga bem no alto da grota de João Massa e, cansados, os aventureiros foram dormir. Maroto acordou no meio da noite e refletiu em sua confortável rede: que sonho lindo!

18.

UM EVENTO CULTURAL NA FUNDAÇÃO PACHÁ

Como parte das atividades da Fundação Pachá, Urutau foi o convidado da noite para falar sobre "o que é vida" e Maroto foi incumbido de ser o moderador daquele evento cultural na comunidade do Saquinho.

Urutau iniciou a sua palestra abordando um livro de Erwin Schröedinger, de 1944. Esse autor, que junto com Paul Dirac ganhou o Prêmio Nobel de Física em 1933, lançou um livro com o título: *What is life?* Schröedinger, que também era filósofo, matemático e poeta, discutiu nesse livro a seguinte questão fundamental: "como eventos no espaço e no tempo, que ocorrem dentro dos limites espaciais de um organismo podem ser abordados pela Física e pela Química?" O autor buscava interpretar a vida utilizando conceitos físicos, químicos e matemáticos e a ideia de que as instruções hereditárias deveriam estar armazenadas no tecido molecular dos cromossomas.

No contexto do final da Segunda Guerra Mundial, a comunidade científica se encontrava confusa pela explosão das duas bombas atômicas no Japão e refletia sobre o papel da ciência para a humanidade. Entre alguns dos cientistas provocados pela pergunta do livro de Schröedinger estavam Francis Crick (físico), James Watson (biólogo) e Maurice Wilkins, um físico desiludido com a sua participação no projeto Manhattan. Em 1953, Watson e Crick, baseados nos estudos cristalográficos de Maurice Wilkins e Rosalind Frankin, publicaram o modelo da dupla hélice para a estrutura do DNA e, assim, a natureza química dos genes havia sido desvendada. Sabemos que o tempo de meia vida do DNA, quando extrapolado para condições fisiológicas, é estimado em 2×10^8 e essa fantástica estabilidade demonstra porque a natureza escolheu o DNA como o responsável pelo código genérico.

Eu suponho que já temos elementos para se iniciar uma boa discussão sobre "o que é vida". Assim, Urutau finalizou a sua palestra e Maroto questionou o público: mas, afinal, "o que é vida"?

Diúra: Eu acho que se trata de um conceito muito amplo, que admite diversas definições, discussões e que leva a dúvidas.

Maroca: De onde viemos e para onde vamos? Seria outra interessante pergunta, mas trata-se de outra questão com múltiplos enfoques, por exemplo, teológico, filosófico, científico, entre outros. Sócrates (470 a.C. – 399 a.C.) que, junto a Platão e Aristóteles, formou o tripé da Filosofia ocidental, nos ensinou que "Eu só sei que nada sei."

Por outro lado, Platão (428 a.C. – 347 a. C.) nos ensinou que:

> "Devemos aprender durante toda a vida, sem imaginar que a sabedoria vem com a velhice."

Por sua vez, Aristóteles (384 a. C. – 322 a. C.) nos ensinou que:

> "A dúvida é o princípio da sabedoria."

Maroto finalizou aquele encontro cultural com as seguintes palavras:

Agradecemos a Urutau, pois ele conseguiu nos lançar dúvidas que nos motivaram a continuar questionando sobre "o que é vida". Mas vejam o que é a força da genética, pois Tupã, que não poderia negar a sua descendência do nosso saudoso Pachá, está em sono profundo ao ponto de roncar!

Com as palmas do público, Tupã acordou meio atordoado e perguntou a Cotó, que estava ao seu lado: ele conseguiu explicar "o que é vida"? E Cotó respondeu: não e ainda me deixou mais confusa! Pois bem, vida para mim é caçar preá, pescar traíra e tomar um bom banho nas águas do Açude do Sítio da Goiabeira.

19.

UM BANQUETE DE JABUTICABAS PARA ARACUÃ

Era época de primavera no Sítio da Goiabeira. Maroto estava aqui e procurava por Aracuã. Ele encontrou Urutau disfarçado em um pé de cafezeiro do mato, dentro da chácara do encantado, e perguntou: Urutau, você viu Aracuã? Sim, há pouco tempo ele passou por aqui e é possível que você o encontre no pé de jabuticabas. E ele encontrou dizendo: bom dia, Aracuã, por que você gosta tanto de jabuticabas?

Jabuticaba, cujo nome científico é *Myrcia cauliflora*, da família botânica *Myrtaceae* é uma fruta silvestre, típica da Mata Atlântica. Possui uma boa quantidade de vitaminas do complexo B (niacina, que facilita a digestão e ajuda a eliminar toxinas) e vitamina C. Cada 100 gramas de jabuticaba me oferece 45 calorias, portanto, é uma fruta pouco calórica. Povos indígenas utilizavam o suco da jabuticaba para alimentar principalmente gestantes, por ela ser uma fruta rica em ferro. Ela também é rica em sais de cálcio, de ferro e de fósforo e a cor roxa desse delicioso fruto vem de *antocianinas*. As antocianinas estão presentes em frutos e flores de diversas famílias vegetais, como a peonidina-3-glicosídeo encontrada em jabuticabas e cuja estrutura está apresentada a seguir.

Peonidina—3—glucosídeo

    Uma das mais importantes funções desse pigmento natural é a de agir como atraentes de insetos e pássaros, com o objetivo de polinizar e dispersar as sementes, sendo assim um dos responsáveis pela grande interação entre plantas e animais. Outra função consiste na sua atividade inibidora do crescimento de larvas de alguns insetos. Depois da clorofila, antocianinas são o mais importante grupo de pigmentos visíveis de plantas pelos humanos. Elas também têm a propriedade de se ligar a íons metálicos, por exemplo, Ca^{2+} e Mg^{2+}, em condições levemente alcalinas, portanto, as antocianinas poderiam ser utilizadas para amolecer a água do Sítio Saco, na encosta da Serra do Araripe. Maroto ficou interessado na conversa e perguntou a Aracuã: que outras propriedades você destacaria nas antocianinas?

- elas protegem e estimulam a reparação dos tecidos ricos em colágeno (principal proteína da pele e responsável pela firmeza e elasticidade), como as paredes das artérias, conferindo proteção contra a aterosclerose e previnem e combatem as rugas;
- elas reduzem a produção de histamina, o que aumenta a resistência do organismo contra a agressão de radicais livres;
- melhoram a circulação sanguínea periférica;

- restauram a funcionalidade dos capilares e fortalecem os vasos sanguíneos prevenindo varizes, fragilidade capilar e derrames cerebrais;
- protegem as células cerebrais, o que auxilia na melhora da memória;
- melhoram as defesas imunológicas, a resistência física e a disposição, a elasticidade muscular e a visão;
- auxiliam na estabilização da taxa de açúcar no sangue dos diabéticos;
- apresentam propriedades anticancerígenas e têm a capacidade para conter diarreias e disenterias, por isso o suco de jabuticaba é indicado contra desarranjos intestinais.

Muito interessante Aracuã, mas esses dois pés de jabuticabas são enxertados ou foram plantados a partir da semente? Todas as nossas jabuticabas foram plantadas pelos meus antepassados a partir das sementes e essas duas têm mais de 50 anos de idade! Vamos comer e plantar jabuticabas? Sim, vamos plantar hoje para as futuras gerações.

20.

UM PARAÍSO VERDE NO SERTÃO

Diúra e Tupã se encontravam conversando na varanda da casa da Fazenda João Vieira sobre as secas no sertão. Eles sonhavam com um paraíso verde e resolveram desafiar os pesquisadores da Fundação Pachá. Após muito debate à procura de uma solução viável, os pesquisadores dessa fundação desistiram de utilizar *gelo seco* ($CO_{2(sólido)}$), que precisaria ser mantido à temperatura inferior a -78°C, pois eles sabiam que essa seria uma opção cara, necessitando inclusive de avião bimotor e de nuvens apropriadas para fazer chover no sertão! Outra opção seria utilizar foguetes carregados com *iodeto de prata* ($AgI_{(s)}$), com lançamentos da terra, pois esse sal acelera a condensação das nuvens, mas essa seria uma opção que provocaria poluição na atmosfera. E assim, após analisarem as possibilidades, os pesquisadores da Fundação Pachá decidiram se associar a uma equipe franco-alemã-suíça de cientistas, que estava desenvolvendo um *laser* portátil, para fazer chover no sertão!

Esse laser pode gerar uma potência de 5 terawatts (10^{12} watts) durante algumas dezenas de segundos e envia pulsos luminosos bastante curtos que favorecem a formação de gotículas nas nuvens e, assim, promove chuva.

O que significa *laser*? Questionou Tupã e Diúra explicou: a palavra *laser* vem da expressão em inglês *light amplification by stimulated emission of radiation*. Trata-se de um gerador de radiação eletromagnética monocromática, isto é, de mesmo comprimento de onda. Como funciona esse equipamento?, questionou novamente Tupã. Diúra esclareceu que se tratava de um processo que ocorre em nível atômico, que teve as bases teóricas estabelecidas por Albert Einstein, em 1917, mas apenas na década de 1960, é que os cientistas conseguiram projetar e fabricar o primeiro laser para medir a distância da terra até a Lua.

E, assim, utilizando o nosso laser portátil, sempre que necessário, poderíamos fazer chover no Sertão da Fazenda João Vieira. Mas ainda tenho outra preocupação, salientou Diúra: aqui temos sol em abundância, mas por enquanto nós estamos pagando muito caro pela energia elétrica. Então seria possível gerar eletricidade a partir do sol e abastecer as Fazendas Mandacaru, Sangradouro, Malhada, Caboclo, João Vieira etc., com eletricidade barata? Perguntou Tupã e Diúra respondeu: sim, é possível, desde que os pesquisadores da Fundação Pachá desenvolvam painéis solares eficientes e de baixo custo! E também que não causem poluição visual, para não prejudicar a paisagem do nosso sertão, acrescentou Tupã. Acho que encontrei a solução, comentou Diúra: vamos buscar uma parceria com uma empresa israelense que está desenvolvendo essa tecnologia, isto é, bem que eles podiam testar seus painéis flutuantes aqui no espelho d'água do Açude Caboclo!

"O interesse ecológico dessa tecnologia é duplo, uma vez que, além de produzir uma energia de origem renovável, os painéis flutuantes dispensam a destruição de florestas ou de terras agrícolas, principais problemas na instalação de centrais solares clássicas que ocupam grandes superfícies." (Fonte: Novidades em C&T&I e do LQES).

21.

A CURIOSA VIDA DE UM PAI DE CHIQUEIRO

Tupã se encontrava de férias em Fortaleza (CE). Ele ficou curioso ao ver um bode perambulando entre a Volta da Jurema e a Praça do Ferreira e por isso foi apelidado de Ioiô. Nesse dia, Ioiô, um bode que deixou de ser pai de chiqueiro no sertão para virar um andarilho boêmio na capital, estava catando latinhas de refrigerantes e de cervejas e Tupã decidiu lhe perguntar o seguinte: Ioiô, você vai vender essas latinhas para serem transformadas em alumínio reciclado, como fazem outros catadores de latinhas nas cidades, e com esse dinheiro tomar cachaça? Não, eu irei transformar esse precioso alumínio em alúmen e em hidrogênio. Como você consegue realizar essa transformação e em que você pretende utilizar os produtos?

Inicialmente, eu abro cada latina, retiro toda a tinta externa e o verniz interno do alumínio, reajo com uma solução aquosa de potassa ($KOH_{(aq)}$), recolho o hidrogênio liberado, neutralizo a solução final com ácido sulfúrico e, impondo um excesso do ácido, obtenho o desejado sulfato duplo de alumínio e potássio, que, após resfriado e filtrado, obtém-se o alúmen para ser utilizado, por exemplo, para o curtimento do couro ou no tratamento de águas. Acompanhe as seguintes reações:

(1) Adição de alumínio metálico em solução $KOH_{(aq)}$, sob aquecimento e posterior filtração:

$$2Al_{(s)} + 2KOH_{(aq)} + 6H_2O_{(l)} \rightarrow 2K^+_{(aq)} + 2[Al(OH)_4]^-_{(aq)} + 3H_{2\,(g)}$$

(2) Adição de $H_2SO_{4\,(aq)}$ ao filtrado:

$$[Al(OH)_4]^-_{(aq)} + H^+_{(aq)} \rightarrow [Al(OH)_3]_{(s)} + H_2O_{(L)}$$

(3) Adição de excesso de $H_2SO_{4\,(aq)}$, sob agitação:

$$[Al(OH)_3]_{(s)} + 3H^+_{(aq)} \rightarrow Al^{3+}_{(aq)} + 3H_2O_{(L)}$$

(4) Resfriamento da solução:

$$K^+(aq) + Al^{3+}(aq) + 2(SO_4)^{2-}(aq) + 12H_2O(L) \rightleftarrows KAl(SO_4)_2.12H_2O(s)$$

O metal alumínio reage muito pouco com soluções ácidas diluídas, pois a superfície do metal, normalmente, fica protegida por uma camada de óxido de alumínio (Al_2O_3), que é pouco solúvel em água e, assim, impede que o ácido entre em contato com o alumínio metálico. Por outro lado, soluções alcalinas dissolvem essa camada de óxido, atacando em seguida o metal e, como produto, forma-se o ânion $[Al(OH)_4]^-_{(aq)}$, com desprendimento de hidrogênio (conforme a equação 1). Quando se adiciona ácido sulfúrico à solução (1), inicialmente uma das hidroxilas será removida, o que resulta em um produto neutro, $[Al(OH)_3]$, que precipita em meio aquoso (equação 2). Continuando a adição do ácido, esse precipitado sofre dissolução (equação 3), que, mediante o resfriamento da solução, formam-se cristais do alúmen de alumínio e potássio (equação 4).

Mas faltou você me explicar em que você irá utilizar o hidrogênio gerado na reação, insistiu Tupã. Bem, eu tenho vários projetos, por exemplo, estou desenvolvendo o protótipo de um veículo movido a hidrogênio, para facilitar a minha locomoção, para o transporte das latinhas e para vender esse gás aos soldadores. Como assim? Perguntou Tupã, e o bode respondeu: eu vou explicar por meio da reação de síntese da água, que, inclusive, poderá ser levada de trem para o sertão do Cariri paraibano:

$$2\,H_{2(gás)} + O_{2(gás)} \rightarrow 2H_2O_{(l)} + calor\ (286\ kJ.\ Mol^{-1}).$$

Portanto, por meio da reciclagem química do alumínio das latinhas de refrigerantes e de cervejas que recolho nas ruas e nos bares de Fortaleza, eu contribuo com a limpeza dessa cidade e, por isso, todos me chamam de cidadão cheiroso e de Ioiô, pois vou e volto à Jurema e à Praça do Ferreira.

22.

A MAGIA DAS PEDRAS PRECIOSAS

Maroto e Maroca se encontravam em um final de semana nos Sertões do Brígida (PE) e Tupã lhes deu uma boa notícia: quero lhes mostrar este belo cristal que encontrei na Fazenda Tombo. Vejam que maravilha, disse Tupã ao casal de amigos. Maroto examinou o cristal e disse: acho que se trata de *quartzo* simples (SiO_2), mas também temos espécies coloridas de quartzo chamadas de *ametista* e *citrino*, você conhece? São variedades coloridas por conterem traços de Fe^{3+} e de outros íons metálicos que contaminam o quartzo. Posso fazer um teste para a confirmação do quartzo? Tupã concordou e Maroto utilizou um vidro que riscou aquele cristal, confirmando que se tratava de quartzo e completou: quartzo apresenta dureza 7 na escala de Mohs (utilizada na Mineralogia), que varia de 1 a 10.

Nessa escala de dureza, o mineral mais mole é o *talco* ($Mg_3Si_4O_{10}(OH)_2$) e o mais duro é o *diamante* (C). Depois dos feldspatos (silicatos de alumínio, com potássio, sódio, cálcio e raramente bário), quartzo, que é constituído de dióxido de silício (SiO_2), é o mineral mais abundante na crosta terrestre.

Cristal de quartzo

Ametista lapidada

Citrino lapidado

Maroto, qual a diferença química entre diamante e grafite? Perguntou Maroca. Bem, ambos são compostos de carbono. Mas

por que esses minerais são tão diferentes, tanto no aspecto visual quanto em suas propriedades físicas? Questionou Maroca. São *alótropos*, isto é, são substâncias diferentes e, embora tenham a mesma composição elementar, eles apresentam diferentes estruturas por apresentarem diferentes ligações químicas entre os átomos de carbono. Explicou Maroto.

Diamante lapidado   Grafite

Ambos são sólidos covalentes e simulam uma gigantesca molécula, mas diamante é duro e não conduz a eletricidade, enquanto grafite é mole e é condutor de eletricidade. Observem a seguir a estrutura tetraédrica para o diamante (à esquerda) e hexagonal para o grafite (1pm = 10^{-12}m).

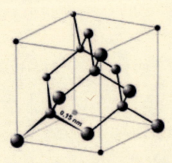 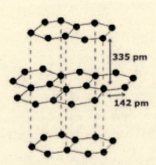

Maroca ficou cada vez mais interessada na conversa e solicitou: Maroto, como estamos conversando sobre cristais naturais e de suas gemas lapidadas, como aquelas que você me presenteou, eu gostaria que você falasse um pouco sobre pedras preciosas.

As pedras preciosas sempre seduziram os seres humanos e em especial você, Maroca! Por exemplo, a *esmeralda* é a mais nobre variedade do mineral *berilo* ($Be_3Al_2(SiO_3)_6$), sendo a *água-marinha* outra variedade desse mineral. A cor da água-marinha varia do verde-azul a azul-claro, dependendo do teor de outros íons metálicos que contaminam o berilo, já a cor verde da esmeralda é devido geralmente à presença de quantidades mínimas de íons cromo (III).

Esmeraldas lapidadas   Águas–marinhas lapidadas

Até o século XVII, a distinção entre um cristal e um diamante era feita pela diferença de idade, pois a composição química das pedras preciosas ainda era desconhecida. Nessa época, descrevia-se que "o *Rubi* nasce, pouco a pouco, na mina, sendo que a primeira pedra é branca e depois, quando maduro, lentamente torna-se vermelho". Sabemos hoje que Rubi é uma variedade do *coríndon*, um mineral à base de trióxido de alumínio (Al_2O_3), que pode ter cores diferentes de acordo com as impurezas que estejam incorporadas à sua matriz. O mineral de coloração vermelha é chamado de rubi, devido à presença de cromo (III), mas ocorrem variações de cores, tais como: amarelo, rosa, púrpura, verde e cinzento; o azul é chamado de *safira*.

Rubi lapidado   Safira lapidada

    Maroto, mas, quanto às terapias com cristais, que você tem a nos dizer? Acrescentou Maroca. Bem, eu não saberia explicar esse tipo de utilização dos cristais, mas diz-se que o nome ametista tem origem no grego, em que "a" significa "não" e *methuskein* significa "intoxicar". De acordo com uma antiga crença, essa pedra protegeria seu dono da embriaguez. Nesse momento, Tupã, que estava acompanhando a conversa, perguntou: Maroca, você poderia emprestar a tua ametista para o nosso amigo gambá? Por quê? Indagou Maroca. Bem, hoje à noite iremos tomar umas cervejas e queremos testar se essa pedra funciona contra a embriaguez. A resposta foi de imediato: não, pois eu prefiro não arriscar!

23.

INVASÃO DE ABELHAS NO SÍTIO SACO

Que bela manhã de sol, mas onde estão os cães Tupã, Diamante e Sentinela? Perguntou Diúra a 360°, um coelho branco, atento e muito querido da Casa Grande no Sítio Saco. Eles devem estar exaustos com a algazarra noturna! O prejuízo foi grande e daqui dá para ver tudo revirado lá embaixo, no bananal! Temos que tomar uma providência definitiva, replicou Diúra. Mas fazer o quê?, perguntou 360°. Eu assisti a um seminário na Fundação Pachá em que um pesquisador falava sobre o *acetato de isoamila*, uma substância que imita o cheiro de banana madura, comentou Diúra. Então poderemos utilizá-lo no paiol, para fazer de conta que existem bananas maduras por lá, e assim os cachorros terão uma folga e até pode ser que descobrimos o autor do delito. Mas, Diúra, diga-me, que substância é essa?

Durante o amadurecimento de bananas, amido é convertido em açucares e se desenvolvem aromas, devido a substâncias voláteis, principalmente os *ésteres* e, entre eles, o acetato de isoamila, que é o principal responsável pelo odor de bananas maduras. A seguinte figura representa a estrutura química do acetato de isoamila.

acetato de isoamila

Ésteres podem ser sintetizados pelo aquecimento de um ácido carboxílico na presença de um álcool e de um *catalisador* ácido. O acetato de isoamila é preparado a partir da reação entre álcool isoamílico e ácido acético, usando ácido sulfúrico como catalisador, isto é, para acelerar a *reação de esterificação*.

$$\underset{\text{ácido acético}}{H_3C-COOH} + \underset{\text{álcool isoamílico}}{HO-CH_2CH_2CH(CH_3)_2} \underset{}{\overset{H^+}{\rightleftharpoons}} \underset{\text{acetato de isoamila}}{H_3C-COO-CH_2CH_2CH(CH_3)_2} + \underset{\text{água}}{H_2O}$$

A reação de esterificação é reversível e, para aumentar o rendimento do acetato formado como produto da reação, utiliza-se ácido acético em excesso. A reação reversa (da direita para a esquerda) é denominada *hidrólise*.

O amadurecimento de bananas é afetado pelo etileno (C_2H_4) gasoso produzido pelo fruto, mas também pode ser sintetizado para regular e acelerar o processo de maturação de frutas; porém iniciado o amadurecimento a deterioração é rápida, que é uma preocupação tanto para o produtor, para o mercado, como para o consumidor. Comercialmente, uma vez que as bananas são induzidas a amadurecer com aplicação de etileno, sua vida útil é de 3 a 5 dias, dependendo das condições de tratamento com etileno e da temperatura de armazenamento. No entanto, se os frutos uma vez retirados do pomar não forem induzidos a amadurecer com etileno, corre-se o risco de não amadurecerem!

Acetato de isoamila tem um forte odor de banana quando concentrado e um odor remanescente de pera quando está diluído em solução. Outros ésteres como *propanoato de isobutila* (presente no rum), *acetato de benzila* (no pêssego e rum), *butirato de metila* (na maçã), *butirato de etila* (no abacaxi), *formiato de etila* (no rum, groselha e framboesa), *acetato de octila* (na laranja), são outros exemplos de ésteres muito apreciados por gambás, acrescentou Diúra. Será que gambás ou raposas selvagens atacaram o bananal do Sítio Saco?, perguntou 360°. Então, Diúra, objetivamente, o que podemos fazer para garantir o descanso noturno dos cachorros e preservar o bananal do Sítio Saco? Vamos abrir o frasco com o acetato de isoamila, que eu trouxe como amostra grátis para você, daquele seminário na Fundação Pachá, no paiol, e assim as bananas podem amadurecer naturalmente no bananal, o que é muito mais gostoso e saudável, como nos velhos tempos! Mas devemos cuidar para que a gente não acordar os cachorros que escolheram logo o paiol para descansar.

E assim, os dois amigos prepararam o ambiente, mas, para a surpresa deles, surgiu de repente um grande enxame de abelhas assassinas que invadiu o antigo paiol. Foi um corre-corre danado e os cachorros Tupã, Diamante, Sentinela e outros acordaram sem entender o que estava acontecendo!

"A força da Natureza é indomável quando o problema é a perpetuação da espécie"! O fato é que na natureza moléculas pequenas podem ter funções bem diferentes. No caso dos humanos, o acetato de isoamila tem odor agradável, mas, para as abelhas, é um dos *feromônios* liberados durante as ferroadas, atuando como alarme, ou seja, quando uma abelha sente um intruso, um feromônio de alarme formado por acetato de isoamila é secretado pela abelha! Portanto, o acetato de isoamila logo atrai outras abelhas, formando um grande enxame e essa parte do seminário Diúra não pôde assistir, pois ele teve que retornar às pressas para o Sítio Saco por causa de um ataque sofrido por Cotó por um gavião malvado.

24.

SOLUÇÃO PACÍFICA AO ATAQUE DO GAVIÃO

Maroto se encontrava revoltado com um gavião que habitava o Sítio da Goiabeira. Ele queria resolver o problema, pois definitivamente essa ave de rapina não era bem-vinda ao nosso sítio e, por isso, ele reuniu os amigos Tupã, Diamante, Sentinela e 360° para procurem uma solução pacífica para se evitar mais mortes nos limites do sítio. Eu tenho todo o interesse em resolver esse problema, pois, embora utilize a minha capacidade de visão periférica, certa vez quase cai nas garras desse malvado gavião! Comentou 360°. Infelizmente, nós também não podemos contribuir para a solução desse problema, pois ficamos no solo e temos que proteger nossos filhotes brincalhões das garras dos gaviões, afirmaram os cães. Então vamos criar beija-flor e bem-te-vi, sugeriu Maroto, pois eles perseguem gaviões e assim teremos uma solução viável e pacífica para esse problema.

Maroto, você tem alguma ideia de como as aves de rapina conseguem enxergar tão longe? Perguntou 360°. Sim, eles, por serem predadores, adaptaram-se para a caça, com visão e audição muito apuradas, além de garras, bicos fortes e afiados, respondeu Maroto, que acrescentou mais informações.

A visão binocular das aves de rapina é resultado de uma adaptação para a localização de sua presa, dando noção de distância e profundidade. A águia-real, por exemplo, consegue ver uma lebre a mais de 3 km de distância. As aves de rapina possuem olhos proporcionalmente grandes em relação à cabeça, com milhares de células especializadas (cones e bastonetes) e, enquanto a visão de humanos utiliza apenas uma banda muito restrita do espectro eletromagnético (constituída por comprimentos de onda entre

390nm e 770nm, conhecida como a faixa visível), as aves de rapina como corujas e gaviões enxergam além do visível (1nm, onde ler-se nanômetro = 10^{-9}m).

As corujas, por exemplo, possuem adaptações morfológicas para caçar à noite, pois elas captam imagens no infravermelho (comprimento de onda mais longo que 770 nm) e os gaviões têm a habilidade de ver a luz ultravioleta (comprimentos de onda inferiores a 390 nm). Para essas aves, a precisão visual é um requisito básico para elas conseguirem o jantar e o almoço de cada noite e de cada dia. Vamos então plantar flores na chácara do Sítio da Goiabeira, para atrair beija-flor, pois o teto dos velhos palmitos, dos ingazeiros e da figueira central já está repleto de bem-te-vis. Mas como fica a nossa situação individual? Perguntaram todos e Maroto respondeu: cada um que se cuide até que surjam os beija-flores para ajudar os bem-te-vis a nos proteger do ataque desse malvado gavião.

25.

A VISITA DE MAROTO AO AMIGO MOCÓ

Maroto soube que Mocó se encontrava em difícil situação com a seca em Quixadá (CE) e decidiu lhe fazer uma visita. Ele tomou as devidas precauções, pois sabia dos grandes gaviões que habitavam os monólitos em volta do Açude do Cedro. Mas por que você está camuflado, amigo Maroto? Perguntou Mocó, um tanto surpreso e muito curioso. É por causa das minhas penas coloridas, pois de dia eu sou facilmente visto pelos gaviões e à noite pelas grandes corujas. Mas diga-me como vai você, compadre Mocó? Bem, as coisas por aqui estão muito diferentes do nosso passado e hoje em dia as minhas profecias de inverno não dão mais certo. O homem desmatou tudo e quase matou a natureza aqui no Cedro. Desabafou Mocó, meio desiludido com a sua vida, mas bem protegido na Pedra da Galinha Choca.

Bem, Mocó, eu também sofro com as complicações da seca, mas tenho um kit com um composto de cobalto (II) que me ajuda a prever quando irá chover. Veja que hoje o galinho está rosa, indicando chuva e eu prefiro me proteger. Os amigos entraram na toca do Mocó e Maroto explicou o porquê da mudança da cor nas asas do galinho caipira, esculpido na imburana de cheiro, ou seja, com as asas pintadas com aquele composto especial. Essa mudança de cor é devida ao seguinte equilíbrio químico:

$$[Co(H_2O)_6]Cl_2 \rightleftarrows [Co(H_2O)_4]Cl_2 + 2H_2O$$
Rosa: tempo úmido (deve chover)   Azul: tempo seco (não deve chover)

Portanto, quando o ar está úmido (com vapores de água), o equilíbrio se desloca para a esquerda, no sentido da formação do composto rosa, mas, quando o ar está seco, o equilíbrio se desloca para a direita e as penas das asas do galinho ficam azuis, indicando que não vai chover.

Seria possível pintar a Galinha Choca com esse composto? Ela fica bem no alto e todos poderiam ver. Perguntou o Mocó, mas a resposta de Maroto foi não, pois o composto é solúvel em água e ela perderia a chance de ser a nova profetisa das chuvas na região do Quixadá!

26.

UM NOVO SHOW DE QUÍMICA NA FUNDAÇÃO PACHÁ

Em comemoração ao aniversário da Fundação Pachá, os pesquisadores Diúra, Cotó, Maroto e Maroca realizaram um novo show de Química utilizando o experimento chamado "a garrafa azul". Inicialmente, eles explicaram, simultaneamente para quatro turmas de alunos de um colégio local, que Química é uma ciência teórico-experimental e central, e que o mesmo produto químico pode ter diferentes aplicações. Por exemplo, podemos avaliar a atividade das bactérias presentes no leite, por meio do azul de metileno, pois, quanto mais rápido for o tempo de descoloração do corante, de azul para branco, maior é o número de micróbios existentes na amostra analisada. Quando está sob a forma de cloreto, ele é um fármaco utilizado no tratamento do mal de Alzheimer, mas, esse mesmo composto, que é vendido em farmácias na forma de solução, também é uma alternativa para se tingir cabelos e tecidos. O composto é um sólido cristalino ou um pó microcristalino de cor verde-escura, mas as suas soluções em água ou em álcool etílico têm uma coloração azul intensa.

Azul de metileno

Quando o indicador é adicionado a uma solução aquosa básica de glicose e agitada, a solução se torna azul, mas, após algum tempo, ela se torna incolor. Agitando-se vigorosamente a garrafa, a cor azul reaparece, mas novamente começa a desaparecer. Como explicar? A mudança de cor na solução resulta de reações de oxidações-reduções reversíveis que ocorrem na estrutura do indicador. Em soluções básicas, a glicose é oxidada ao ácido D-glucônico, conforme a seguinte equação:

$$HOCH_2(CHOH)_4CHO + 3\ OH^- \rightleftarrows HOCH_2(CHOH)_4CO_2 + 2\ H_2O + 2\ e^-$$

Agitando-se a solução, $O_{2(gás)}$ se dissolve e irá oxidar o indicador, de volta à forma azul. Portanto, o azul de metileno é um indicador redox, pois sofre mudança de cor em um potencial específico. Na representação a seguir, o equilíbrio químico entre as duas formas do indicador envolve um próton participando das reações redox, ou seja, o equilíbrio eletroquímico é dependente do pH e, durante essa reação, o indicador é reduzido, da forma oxidada (azul) para a forma reduzida (incolor), conforme o seguinte equilíbrio químico:

Azul   Incolor

27.

UM COELHO MULTICOLORIDO NA COMUNIDADE DO SAQUINHO

Todos observaram que surgiam diferentes cores nos pelos de 360° à medida que a temperatura aumentava em sua festa de aniversário. As cores eram ativadas em diferentes temperaturas, a partir de 25°C, com uma tonalidade de verde pálido, que se misturava com verde esmeralda, em seguida, lilás e azul-turquesa. Com o aumento da temperatura, pouco a pouco, 360° ia mudando de cor para roxo, depois rosa e finalmente atingindo o verde esmeralda, próximo aos 40°C. Como você conseguiu esse efeito? Perguntou Tupã, e 360° respondeu que se tratava de uma experiência com uma mistura de pigmentos obtidos por Maroto e Maroca na Fundação Pachá. Maroto se aproximou, tomando uma cerveja bem gelada e explicou: estamos trabalhando com *termocromismo* e 360° está nos ajudando nessa pesquisa. Mas como funciona um pigmento termocrômico? Indagou Tupã.

Termocromismo se refere à capacidade de uma substância em mudar de cor sob a ação da temperatura. Utilizamos *cristais líquidos e corantes leuco*, cujas moléculas podem adquirir diferentes formas e cores. Cristais líquidos são usados em aplicações de precisão, pois suas respostas podem ser utilizadas para aferir temperaturas, mas o intervalo de mudança de cor é limitado. Por outro lado, corantes leuco permitem uma ampla faixa de mudanças de cor, mas suas respostas a temperaturas específicas são mais difíceis. Por isso 360° está experimentando uma mistura de pigmentos cujos resultados estamos conhecendo agora. Como exemplo de cristal, líquido (1) e de corante leuco (2) temos os seguintes compostos, acrescentou Maroto.

(1) (2)

Cristal líquido é um estado intermediário da matéria, entre o estado sólido e o líquido. Trata-se de um estado *mesomórfico* (do Grego *mesos morphe*, significando entre dois estados). Um sólido cristalino apresenta átomos, íons ou moléculas organizados em uma rede espacial tridimensional, mas um líquido não apresenta essa organização e as moléculas se movem de maneira aleatória. Assim, um cristal líquido tem propriedades tanto de um sólido cristalino quanto de um líquido! Embora o seu aspecto seja de um líquido, quando o observamos em um microscópio especial, equipado com uma unidade de aquecimento e sob a ação da *luz polarizada*, podemos observar certo grau de *birrefringência*, devido a efeitos de orientações de curto e longo alcance. A birrefringência é a formação de dupla refração apresentada por certos cristais e está relacionada com a velocidade e a direção de propagação da luz polarizada. Os primeiros cristais líquidos foram descobertos em 1888, por Friedrich Reinitzer, um botânico austríaco.

Maroto, por que em sua lata de cerveja aparece uma marca que muda de cor quando a cerveja esquenta um pouco?, perguntou 360° e, antes que Maroto pudesse explicar, surgiu Maroca com o seguinte comentário: isso também faz parte da nossa pesquisa na Fundação Pachá, e Maroto somente toma cerveja bem gelada! Mas como isso ocorre Maroca? Perguntou Tupã, e Maroca respondeu: trata-se de uma tinta termocrômica, que atua até 8°C, mas atinge a sua ativação máxima aos 4°C, ou seja, a mudança de cor ocorre devido às microcápsulas com agentes termocrômicos presentes nessa tinta especial.

28.

OUTRA PALESTRA DE MAROTO NA FUNDAÇÃO PACHÁ

Vamos falar da parte histórica e mais antiga sobre *corantes*, mas sem interpretar a origem da cor, pois isso nos levaria a utilizar alguns aspectos de Química quântica, o que seria complicado para o nosso público presente. Assim, Maroto iniciou a sua palestra na Fundação Pachá, cujo auditório estava lotado de estudantes.

O uso de corantes pelo homem tem mais de 4000 anos e muitos dos tecidos encontrados em múmias egípcias eram coloridos bem como as inscrições rupestres, que são muito mais recentes e apresentam pigmentos naturais, de origens orgânicas e minerais principalmente. Entretanto a síntese de corantes artificiais iniciou-se em 1856, com William Henry Perkin, que sintetizou a *mauveína*. Há séculos a cor púrpura era exclusiva da natureza ou dos muito ricos e mais de 12.000 *múrices* (moluscos cujo muco era utilizado para obter um corante púrpuro) eram necessários para tingir uma só toga romana.

Mauveína

Perkin trabalhava como assistente de Wilhelm von Hofmann, no Royal College of Chemistry (que agora faz parte do Imperial College of London) e buscava sintetizar *quinina* utilizada no tratamento da malária. Ele tentou oxidar a aliltoluidina ($C_{10}H_{12}N$, um derivado da *anilina*), mas não conseguiu obter a quinina. Entretanto, agitando o frasco, Perkin observou um sólido, como subproduto da reação, que se dissolvia na solução alcoólica e originava uma solução púrpura intensa que chamou de *mauveína*, por referência à cor da flor da malva silvestre.

A obtenção da mauveína, como subproduto da reação planejada por Perkin para a síntese do quinino, demonstra que o cientista deve ficar muito atento durante o seu trabalho experimental sintético, pois às vezes um composto inicialmente indesejado pode se tornar o principal produto de uma reação química.

Quinina

Anilina

> Quinina é um alcaloide de sabor amargo, utilizado atualmente como antitérmico, antimalárico e analgésico. A quinina foi isolada por Pierre J. Pelletier e Joseph Caventou, em 1817, da planta cinchona originária do Peru, Colômbia, Equador e Bolívia. Originalmente o refrigerante água tónica continha apenas soda e quinina. A água tônica é feita com hidrocloreto de quinina, um pó branco extraído da casca da cinchona, que dá o gosto amargo ao produto. Em 1853 Louis Pasteur obteve quinotoxina a partir da quinina e em 1856 William H. Perkin falhou em obter quinina, mas obteve mauveina que levou ao nascimento da indústria química dos corantes. Em 1918 Paul Rabe e Karl Kindler, revisando o trabalho de Pasteur, sintetizaram quinina a partir da quinotoxina (Chem. Ber. 1918, 51, 466. (10.1002/cber.19180510153) e em 2008 Aaron C. Smith e Robert M. Williams confirmaram a rota de P. Rabe e K. Kinddler para a síntese da quinina (Angew. Chem. Int. Ed. 2008, 47, 1736. (10.1002/anie.200705421).

Outro pigmento azul, o *índigo*, extraído da planta *indigofera tinctoria*, foi sintetizado em 1880 por Karl Heumann, mas logo o cultivo dessa planta deixou de ser um bom negócio.

Índigo

Era do pau-brasil (*Caesalpinia echinata*) que se extraía um pigmento capaz de tingir tecidos com cores fortes, como vermelho ou marrom, e originou o nome do nosso país, Brasil. W. H. Perkin também se dedicou ao estudo do corante vermelho do pau-brasil, obteve passo a passo a *brasilina* e demonstrou que é a brasileína (o produto de oxidação da brasilina) é a substância responsável pela cor vermelha no pigmento extraído do pau-brasil.

Brasileína   Brasilina

Como a demanda por tintas é muito grande e diversa, os químicos foram desafiados a produzir pigmentos com propriedades particulares, atualmente já existindo mais de 10.000. As cores estão relacionadas com comprimentos de onda particulares, visto que a cor observada pelo nosso olho, pois essa é a cor transmitida pelo composto, corresponde ao complementar da cor absorvida. Observem a seguinte tabela de cores complementares.

Cor absorvida	λ (nm) 1nm =10⁻⁹m	Cor observada
Vermelho	650 a 800	Verde azulada
Amarelo	570 a 600	Azul
Verde	490 a 570	Púrpuro
Azul	440 a 475	Amarelo
Violeta	400 a 440	Verde amarelado

Assim, quando um composto apresenta, por exemplo, cor azul, significa que ele absorve no amarelo e quando um composto é amarelo, ele absorve o azul. Portanto, azul e amarelo são cores complementares. Para os compostos orgânicos, isto é, que contém átomos de carbono em sua composição química, somente aqueles com várias ligações duplas conjugadas na sua estrutura química é que são capazes de absorver radiação na faixa da luz visível. Os corantes pretos, por exemplo, absorvem radiação em toda a faixa visível, enquanto os brancos transmitem toda a luz visível e, quanto mais estreita for a faixa de absorção, mais intensa será a cor observada. Isso pode ser modulado por químicos e contribuiu para a popularidade dos corantes sintéticos, que absorvem em comprimentos de onda bem definidos. Por outro lado, os corantes naturais, em geral, resultavam em produtos com uma cor difusa e mais opaca.

Em termos estruturais, um dos aspectos comuns em praticamente todos os corantes orgânicos é a presença de um ou mais anéis benzênicos e os primeiros corantes sintéticos eram derivados do trifenilmetano, que em geral era obtido a partir da anilina ou da toluidina.

NH₂

[estrutura química]

CH₃
p-toluidina

Corantes *azóicos* podem ser gerados no próprio tecido e o primeiro corante desse tipo foi o *vermelho do Congo*. Nesse processo, o sal de diazônio do corante precisa reagir com outra molécula para formar o corante azóico. O tecido é previamente tratado com uma solução dessa molécula e imerso em uma solução do sal de diazônio para formar o corante diretamente no tecido. Esse método foi patenteado em 1880 e a maior parte dos corantes empregados era derivada da anilina.

[estrutura química]
Vermelho do Comgo

Maroto terminou a sua palestra, foi bastante aplaudido e, em seguida, 360° fez a seguinte pergunta: Maroto, você destacou os corantes considerados orgânicos, mas não se referiu aos pigmentos inorgânicos. Maroto respondeu: temos vários pigmentos, naturais e sintéticos, considerados inorgânicos, mas eu vou destacar apenas o Azul da Prússia e o Azul de Turnbull, pelo seu valor histórico, pois foram sintetizados no século XVIII. O pigmento (1) a seguir era conhecido inicialmente como *Azul da Prússia* e (2) como *Azul de Turnbull* e ainda são sintetizados por meio das seguintes reações químicas:

$K^+_{(aq)} + Fe^{3+}_{(aq)} + [Fe^{2+}(CN)_6]^{4-}_{(aq)} \rightarrow$ pigmento (1)

$K^+_{(aq)} + Fe^{2+} + [Fe^{3+}(CN)]^{3-} \rightarrow$ pigmento (2)

Essas duas reações foram inicialmente realizadas por químicos fabricantes de tintas na Alemanha antiga. O Azul da Prússia foi descrito em 1724 por J. Woodward (Philos. Trans. Roy. Soc. London, v. 33, p. 15), mas apenas em 1977 A. Ludi e colaboradores concluíram com base em análises de difração de raios X em monocristal que a estrutura do Azul da Prússia é idêntica a estrutura do Azul de Turnbull (Inorg. Chem., v. 16, p. 2704), cuja fórmula química é [KFe^{2+}Fe^{3+}(CN)$_6$], conforme a ilustração a seguir para a representação da sua estrutura:

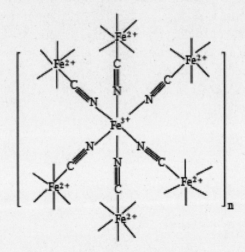

Portanto, a cor de um composto, que é percebida pelos nossos olhos, deve ser entendida pela nossa mente química, pois o mesmo composto, dependendo da temperatura, do pH, do ambiente em que se encontre etc., pode ter diferentes cores e a mesma cor pode ser originada em diferentes compostos químicos, ou seja, a origem da cor de um composto depende tanto da sua composição quanto da sua estrutura química.

29.

UM PRESENTE ESPECIAL DE MAROCA PARA COTÓ

Maroca queria presentear Cotó com um espelho personalizado com o nome da amiga gravado no vidro. Inicialmente ela gravou o nome COTÓ, em seguida Maroca obteve o espelho e Maroto, utilizando imburana de cheiro, esculpiu uma moldura que ficou belíssima. Maroca embalou o espelho em uma folha de bananeira, enfeitada com flores do campo, amarrou o presente com um delicado cipó e o entregou para a amiga. Cotó ficou muito feliz com tanta delicadeza de Maroca e pelo fato de o seu nome se encontrar gravado no espelho, com isso chamou a sua atenção. Cotó perguntou: Maroca, você encomendou este lindo espelho no Juazeiro do Norte (CE)? Maroca respondeu: não, eu fiz este espelho para você à sombra de um pé de Juá! Mas como? Indagou Cotó. Eu consegui um vidro comum, parafina, ácido fluorídrico, nitrato de prata, ácido tartárico, no Juazeiro do Norte e, após obter o espelho, Maroto fez a sua moldura utilizando imburana de cheiro que ainda existe nas matas do Caboclo.

O trabalho foi feito em duas etapas: (1) aqueci a parafina até fundir e apliquei o líquido sobre o vidro comum, na parte onde eu queria gravar o teu nome; utilizando um estilete, eu escrevi o teu nome, apliquei o ácido fluorídrico (HF) e, em seguida, lavei com água corrente. Como o vidro comum é composto de silicatos de cálcio e de sódio que reagem com HF e se forma $[SiF_{6\,(aq)}]^{2-}$, foi possível remover o excesso do ácido lavando-se com água ao final do processo. Por isso HF deve ser estocado em recipiente de plástico e não de vidro. Em seguida, apliquei novamente a parafina líquida sobre o teu nome, para evitar que ficasse recoberto com prata metálica na reação subsequente. (2) Coloquei o vidro comum em uma pequena bacia de plástico e adicionei uma solução aquosa de nitrato de prata ($AgNO_3$), seguida de outra solução aquosa de ácido tartárico ($C_4H_6O_6$) e deixei em repouso até se formar o espelho; ao final do processo, retirei toda a parafina, que protegia o teu nome, lavei com água corrente e estava pronto o teu espelho personalizado. Foi simples, pois o ácido tartárico reduziu os íons $Ag^+_{(aq)}$ para a prata metálica (Ag) que se depositou no vidro comum e formou o espelho.

30.

ATLÂNTIDA E OS MISTÉRIOS DO SÍTIO SACO

Dizem que a cidade submersa de Atlântida ressurgiu encantada no Sítio Saco como a civilização mais avançada do mundo moderno. Essas foram as primeiras palavras de Diúra na abertura do encontro anual na Fundação Pachá para se discutir "os mistérios do Sítio Saco". Diúra apresentou aos presentes as seguintes evidências:

1) "Durante a noite aparece um carneiro de ouro iluminado que transita do pontal da serra para a pedra branca que é a residência de uma princesa encantada que mora dentro da pedra." As leis da Física não funcionam no Sítio Saco, onde pedras, raposas e jiboias levitam à noite, pois, nesse horário, a gravidade no Saco fica comparável à da Lua, isto é, cerca de 1/6 da gravidade na Terra, mas de dia tudo volta ao normal.

2) No Saco, a Medicina popular transcende ao estado da arte da Medicina moderna, pois anjos da guarda habitam no Sítio Saco.

3) No Saco tem cobra cascavel sem chocalho, jararaca sem veneno e jiboia que mata a sua preza no dente! Houve uma mutação genética, algumas serpentes desenvolveram dentes fortes e a jararaca ficou sem veneno devido a uma substituição de íons Zn^{2+} por Ca^{2+} ou Mg^{2+} no sítio ativo de enzimas especializadas, pelo alto teor desses íons nas águas do Sítio Saco.

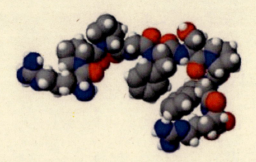

4) No Saco tem banquete oferecido para cachorros em homenagem a São Lázaro, em evento comemorativo da cura de alguma doença de morador.

5) No Saco, as reações químicas realizadas de dia se comportam de maneira diferente daquelas realizadas à noite! Portanto, é possível se comprovar no Sítio Saco *a teoria da gravitação universal*, que segundo os autores T. Bergman (Suécia) e C. L. Berthollet (França) a *afinidade química* (um conceito de origem alquímica) tem origem na gravitação universal que atua entre as partículas.

Essas cinco evidências de como se comporta a natureza de dia e de noite no Sítio Saco foram levantadas por Diúra e discutidas por ele e seus colegas que chegaram à seguinte conclusão: Atlântida, a cidade submersa descrita por Platão, ressurgiu encantada no Sítio Saco, mas com outras características, pois no Saco humanos e bichos vivem em harmonia e respeitam a natureza.

31.

REVISITANDO O VULCÃO QUÍMICO

Os professores-pesquisadores da Fundação Pachá estavam intrigados com tantos erros que surgem na internet, pois ao mesmo tempo que se dispõe dessa fantástica ferramenta livre e democrática para a comunicação e para facilitação da aprendizagem em Química é comum se encontrar muito lixo, isto é, encontram-se na internet informações imprecisas e/ou erradas do ponto de vista conceitual e experimental em Química. Química é uma ciência teórico-experimental complexa e não basta apenas apresentar o fenômeno, mas também interpretá-lo de maneira apropriada ao público interessado na demonstração e no entendimento das reações químicas. Por isso, Urutau criou um programa para a revisão de algumas reações químicas espetaculares disponíveis no YouTube e em outros links na internet.

Ele iniciou o seminário afirmando que existe na internet uma série de reações químicas que demonstram o surgimento de cores e a liberação espetacular de matéria e outros, sem que se interprete o fenômeno. Por outro lado, outros links descrevem a reação, mas não interpretam e apresentam um *balanceamento de massa* errado em determinadas reações químicas.

A reação apresentada em certo link ocorre de acordo com a seguinte equação química corretamente balanceada:

$$(NH_4)_2 Cr_2O_7(s) \rightarrow Cr_2O_3(s) + N_2(g) + 4H_2O(g) + calor.$$

    Laranja   Verde

Nesse caso, temos uma reação denominada *auto redox* do dicromato de amônio sólido $(NH_4)_2 Cr_2O_7(s)$, onde ocorre a oxidação do nitrogênio (de 3- para zero) e a redução no cromo (de 6+ pata

3+). Como a reação necessita de ativação para ocorrer, temos duas variantes para a sua demonstração: (1) adicionar um pouco de álcool etílico e realizar a sua combustão com um fósforo em chama; ou (2) adicionar permanganato de potássio ($KMnO_{4(S)}$) ao dicromato de amônio sólido e adicionar glicerina líquida ao $KMnO_{4(S)}$ como já demonstramos na fábula "Um churrasco feito por Maroto". O calor desprendido nas opções (1) ou (2) irá ser utilizado para decompor $(NH_4)_2Cr_2O_7(s)$ em nitrogênio gasoso (N_2, que antigamente era denominado *azoto*) e vapor de água, que irão movimentar a massa sólida de Cr_2O_3 (que é um pó verde) e assim imitar um vulcão expelindo larvas. Por isso o nome "vulcão químico".

Para tornar essa reação ainda mais espetacular, pode-se adicionar magnésio metálico que, ao ser aquecido pelo calor desprendido na reação de decomposição do dicromato de amônio, irá desprender luz branca. Como isso acontece? Magnésio metálico é transformado, pelo oxigênio do ar atmosférico, em óxido de magnésio (MgO), que, sofrendo absorção de calor, faz transitar elétrons entre os níveis de energia do íon Mg^{2+}, e é esse processo de emissão atômica que faz surgir a luz branca. Portanto, Química não pode ser banalizada e a demonstração do "vulcão químico", conforme apresentado em alguns links da internet, indica que, para se interpretar corretamente as reações químicas ao nível molecular, nem sempre temos uma tarefa simples e fácil.

32.

OS MISTÉRIOS NO SANGUE DO DIABO

Continuando a programação de apresentações e discussões sobre reações químicas espetaculares, os pesquisadores Maroto, Maroca, Diúra e Cotó convidaram Urutau, que realizou um Pós--Doutorado em Química Forense recentemente em Roma, para discutirem a questão dos conceitos e dos procedimentos experimentais utilizados em demonstrações de reações químicas consideradas espetaculares. Eles escolheram a reação denominada "sangue do diabo", que normalmente é apresentada em feiras de ciências, mas apenas para impressionar o grande público!

Urutau destacou que o trabalho em Química é às vezes *periculoso* e em outras vezes *insalubre*, como nesse caso em que não podemos nos expor aos vapores tóxicos de certos gases liberados em algumas reações. Ele acrescentou: essa reação deve ser realizada na *capela química*, com o exaustor ligado.

Após a exibição de um vídeo eles explicaram que não se tratava de "mistérios", nem de "sangue do diabo", mas de se entender as reações químicas envolvidas com o aparecimento e o desaparecimento da cor vermelha nessa reação. Os estudantes da comunidade do Saquinho comprovaram que se tratava de um truque químico, utilizando-se de uma reação ácido-base simples entre uma solução aquosa de hidróxido de amônio ($NH_4OH_{(aq)}$) e o indicador fenolftaleína, pois essa é a origem do surgimento da cor vermelha intensa que aparece e desaparece quando a reação é aquecida e que imitava a cor do assim chamado "sangue do diabo"!

1) Hidróxido de amônio é obtido como produto da reação reversível entre amônia ($NH_{3(gás)}$) e água (H_2O) liquida: $NH_{3(gás)}$ + $H_2O_{(l)}$ ⇌ $NH_4OH_{(aq)}$ + calor. Sendo uma *reação exotérmica*,

isto é, que libera calor, de acordo com o princípio de Le Chatelier ao se resfriar a reação, o equilíbrio se desloca para a direita (no sentido de mais formação de NH$_4$OH$_{(aq)}$), mas, ao se aquecer, o equilíbrio se desloca para a esquerda e amônia se libera na forma de gás. Esse princípio, que é central em Química, deveria ter sido explorado no vídeo, comentaram os professores-pesquisadores da Fundação Pachá!

2) NH$_4$OH$_{(aq)}$ é considerada uma base, pois libera íons OH$^-$ em solução aquosa, de acordo com o seguinte equilíbrio químico: NH$_4$OH$_{(aq)}$ ⇌ [NH]$^+$ + [OH]$^-$. É o ânion hidróxido ([OH]$^-$), gerado em solução, que, sendo captado pelo próton (H$^+_{(aq)}$) da fenolftaleína, faz com que esse indicador apresente coloração vermelha. Acompanhem, a seguir, os equilíbrios químicos envolvidos na estrutura do indicador fenolftaleína:

> A fenolftaleína apresenta-se a 22oC como incolor em pH entre 0,0 até 8,2, rosa em pH de 8,3 a 10,0 e vermelho em pH entre 10,1 até 14,0. Portanto, esse indicador permanece incolor de pH 0,0 até levemente básico (pH ≈ 8,2), mas o fato de a solução de hidróxido de amônio apresentar cor vermelha intensa significa que o pH da solução se encontra acima de 10,1, atingindo um máximo de 14,0 quando a temperatura do experimento for de 22oC, pois a constante de equilíbrio da água varia de acordo com a temperatura do experimento e por isso a escala pH varia de 0,0 a 14,0 somente nessa temperatura. Por que dissolver a fenolftaleína em álcool etílico? Porque a fenolftaleína é pouco solúvel em água, mas, sendo solúvel no álcool etílico, bastaria uma a três gotas de uma solução contendo 0,1 g desse indicador em 100 mL de álcool etílico como suficiente para tingir de vermelho a solução aquosa de hidróxido de amônio.

3) Inicialmente ocorre um *rearranjo intramolecular* na *estrutura do indicador*, seguida da liberação de um próton, o que caracteriza a fenolftaleína como um ácido fraco. Portanto, de acordo com o princípio de Le Chatelier, na presença de ácido o equilíbrio se desloca para a forma incolor do indicador e na presença de uma base, o indicador se apresenta vermelho.

Vocês poderiam demonstrar e explicar outras reações dessa natureza onde o indicador fenolftaleína pudesse ser utilizado? Perguntou 360°. Urutau declarou que sim e solicitou a Maroto que fizesse três demonstrações: Maroto abriu um frasco contendo amido, em seguida abriu um frasco com fenolftaleína e, finalmente, ele abriu um terceiro frasco contendo bicarbonato de sódio e mostrou a coloração branca desses três compostos químicos aos presentes no auditório da Fundação Pachá e perguntou: alguém de vocês, sem realizar testes químicos, seria capaz de distinguir visualmente essas três substâncias?

Instalou-se um grande silêncio no auditório e Maroto iniciou as pesagens dos sólidos que foram colocados em três tubos de ensaio: (a) 0,1g de amido sólido; (b) 0,1g de bicarbonato de sódio sólido; (c) uma mistura de 0,05g amido sólido com 0,05g de bicarbonato de sódio sólido. Ele adicionou 1,0 mL de água destilada e uma gota da solução 0,1% de fenolftaleína a cada um dos três tubos de ensaio, agitou cada tubo de ensaio e verificou o que ocorreu. A solução no tubo (a) ficou viscosa (a solubilidade do amido em água = 50 g/L, a 90°C), no tubo (b) ficou vermelha e no tubo (c) ficou rosa indicando que as soluções (b) e (c) seriam básicas.

Resumindo: (i) ao se adicionar o indicador fenolftaleína à solução aquosa de hidróxido de amônio ($NH_4OH_{(aq)}$), essa se tornou vermelha, indicando que se trata de uma solução básica, mas, ao ser aquecida, a cor desaparece, pois o equilíbrio é invertido e amônia ($NH_{3(gás)}$) se libera da solução, na forma gasosa, e por isso a cor desaparece; (ii) se não fosse utilizado o indicador fenolftaleína em solução, não seria possível se distinguir visualmente entre amido sólido e a mistura preparada com amido e o bicarbonato de sódio. Bicarbonato de sódio ($NaHCO_{3(s)}$), cujo nome químico é hidrogeno carbonato de sódio, é conhecido como "antiácido", portanto, é um sal que sofre hidrólise básica, isto é, libera uma base ($[HCO]^-$) em solução aquosa e por isso tinge a solução de vermelho, pois captura prótons do indicador fenolftaleína. Os cátions Na^+ não têm propriedades ácidas nem básicas, portanto, permanecem como contraíons em solução, não afetando a análise do processo.

33.

O MUNDO MÁGICO NAS CORES DAS FLORES

Os pesquisadores da Fundação Pachá convidaram Bizunga para apresentar um seminário sobre o *policromismo* nas flores e ele aceitou o convite. O auditório foi preparado com flores do Sítio Saco, da Serra de Guaramiranga e com girassol do Sítio Cumbe, pois o povo e os bichos do sítio utilizam essa e a flor coração de homem como um relógio natural. No Sítio Saco também existem flores que absorvem no ultravioleta, sendo atraídas por abelhas e beija-flores que enxergam nessa região do espectro eletromagnético.

Os *cromóforos* (pigmentos responsáveis pela cor) nas flores são os *flavonoides*, cuja estrutura química com os anéis A, B e C e respectiva numeração se encontra representada a seguir:

Nas antocianinas, pigmentos da classe dos flavonoides, uma ou mais hidroxilas das posições 3, 5 e 7 estão ligadas a açúcares. Existem diferentes grupos nas posições 3´ e 5´ e açúcares ligados nas posições 3, 5 e 7, que caracterizam os diferentes tipos de pigmentos e como exemplo temos pelargonidin encontrado no gerânio (*Pelargonium hortorum*) e apresentado a seguir.

Pelargonidin

As *antocianinas* (do grego anthos = flor; kyanos = azul) são pigmentos que sofrem alterações na cor em função pH do solo, da intensidade da luz, da temperatura ambiente, da presença de íons metálicos e são responsáveis pela coloração rosa, laranja, vermelha, violeta e azul da maioria das flores e frutas.

Terminada a apresentação, Mocó perguntou: Bizunga, você apresentou a estrutura química das antocianinas, mas por que uma pequena mudança na composição química ou no pH do solo, por exemplo, leva a diferentes cores nas flores de determinadas plantas?

A resposta surgiu de imediato e Bizunga respondeu o seguinte: não temos uma resposta simples, mas o fato das antocianinas apresentarem diferentes cores, dependendo do pH do meio que se encontrem, nos faz pensar que esses pigmentos se comportem como indicadores naturais de pH e realmente são, ou seja, ocorrem mudanças estruturais nesses pigmentos naturais, em função do pH do meio e dos nutrientes do solo, que são as responsáveis pelo aparecimento das espécies com colorações diferentes nas flores de determinadas plantas. Por isso, os químicos precisam conhecer, mediante experimentos, a composição química de cada substância pura e determinar a sua estrutura química, para poderem utilizar modelos teóricos avançados que expliquem a origem da cor em cada composto, mas esse é um assunto que extrapola aos objetivos do nosso seminário.

34.

UMA FESTA DE FINAL DE ANO NA FUNDAÇÃO PACHÁ

A direção da Fundação Pachá teve a ideia de comemorar a passagem do ano junto com a comunidade do Saquinho. Após as explosões de fogos de artifício, os pesquisadores prepararam um grande telão, testaram o som da Rádio Difusora da região e se posicionaram para responder as perguntas do público presente na praça em frente à referida fundação, pois o seu auditório foi insuficiente para acomodar tanta gente naquela noite de festas. As perguntas chegavam pelo celular e pela internet. Eles foram se revezando nas respostas e todos gostaram daquela confraternização cultural. Foi um encontro inesquecível.

Como entender as cores produzidas nos fogos de artifício?

Podemos dizer que a cor ocorre dependendo da maneira como a radiação eletromagnética interage com a matéria e existem diversos mecanismos. A explosão de fogos de artifício produz gases e calor e os elétrons dos elementos químicos que compõe os produtos da reação se tornam excitados. Ao retornar ao *estado fundamental*, isto é, de menor energia, esses elementos emitem luz colorida, em função da composição química do artefato, por exemplo: luz azul indica compostos de cobre, amarela do sódio, verde do bário e púrpuro (vermelha do estrôncio quando misturado com sais de cobre). Para cada elemento químico existe uma diferença específica de energia entre estados excitados e o estado fundamental, portanto, por meio da análise do seu *espectro de emissão atômica*, que de fato é complexo, as frequências de luz emitidas irão caracterizar cada elemento químico. É desse modo que se chega à *configuração eletrônica* de cada elemento químico, por exemplo: $^{11}Na:1s^22s^22p^63s^1$.

Por que o céu é azul?

Devido ao espalhamento da luz do sol na atmosfera terrestre. Acima da atmosfera fica tudo escuro! O planeta terra, visto da Lua, é escuro, pois não existe atmosfera na lua.

Por que a água pura é azul?

Devido às vibrações moleculares das moléculas H_2O que absorvem a parte vermelha do espectro da radiação visível e libera o azul. Água pesada (D_2O) é incolor, pois essas vibrações se tornam dificultadas!

Por que a maioria das plantas é verde?

Porque possuem cloroplastos com clorofila, que absorve a região do vermelho e do azul para realizar a fotossíntese. Existem diversos tipos de clorofilas, mas as plantas apresentam dois tipos: clorofilas **a** e **b**, que diferem apenas em um grupamento químico em sua composição. A estrutura química da clorofila **a** está representada a seguir, visto que, na clorofila **b**, existe o grupo CHO no lugar do grupo CH_3 marcado com uma seta. No centro da molécula de clorofila temos um íon Mg^{2+} ligado a 4 nitrogênios do anel porfirínico.

A molécula de clorofila contém cloro?

Não. O prefixo cloro deriva da palavra grega *"chloros"*, significando verde-amarelo!

Por que o rubi é vermelho?

Um cristal de Al_2O_3 puro (coríndon) é incolor, pois o íon Al^{3+} não apresenta elétrons para realizar transição eletrônica, entretanto, no rubi, alguns íons Al^{3+} são substituídos por íons Cr^{3+} que apresenta três elétrons de valência que realizando transições eletrônicas tornam o cristal colorido de vermelho.

Por que algumas safiras apresentam cor azul?

Enquanto a cor do rubi é resultante de transições eletrônicas internas no íon Cr^{3+}, na safira temos um efeito denominado *transferência de carga por intervalência,* resultante da presença de titânio (IV) e ferro (II) ou ferro (III) que contaminam o coríndon. Esse processo também ocorre no Azul da Prússia, devido à unidade ($-Fe^{2+}-CN-Fe^{3+}-$). Quando o coríndon contém apenas impurezas de titânio (IV) o mineral é incolor, pois Ti^{4+} não apresenta elétrons de valência, mas se o coríndon contém apenas impurezas de ferro (II) ele se torna amarelo claro. Entretanto, quando ambos os íons estão presentes, esse mineral torna-se azul intenso, devido à transferência de carga de um metal para o outro: $Fe^{2+} + Ti^{4+} \rightarrow Fe^{3+} + Ti^{3+}$. A cor azul na safira ocorre quando impurezas de ferro e titânio se encontram na ordem de 0,01%.

Esse processo também ocorre em outros compostos inorgânicos?

Sim, podem ocorrer, mas depende do composto. Por exemplo, no cromato de potássio (K_2CrO_4), é o processo de transferência de carga $O^{2-} \rightarrow Cr^{6+}$ que responde pela cor amarela desse composto. O mesmo processo de transferência de carga ligante → metal ocorre no permanganato de potássio ($KMnO_4$), ou seja, a transferência de carga O^{2-}

O íon Mn^{7+} responde pela cor violeta desse composto. Hemoglobina, por exemplo, é o pigmento que torna o sangue vermelho na presença de O_2, mas, enquanto na clorofila temos o íon Mg^{2+}, no centro do anel porfirínico, na hemoglobina temos o íon Fe^{2+}. Entretanto, para uma resposta mais convincente, teríamos que utilizar argumentos da *teoria do orbital molecular*, mas a explicação se tornaria complexa.

Como ocorre o transporte de oxigênio pela hemoglobina?

Vamos apresentar as ideias de Perutz (Nature, v. 228, p. 762, 1970) para o transporte de oxigênio molecular pela hemoglobina, por meio de um mecanismo de spin. Um possível mecanismo de spin (representado a seguir) está diretamente relacionado à capacidade da molécula *hemoglobina* em transportar oxigênio. Hemoglobina é um tetrâmero, com quatro grupos heme ligados a quatro cadeias proteicas, com massa molar de 64.500 gmol^{-1} e apresenta o íon Fe^{2+} no centro de cada unidade. Na forma livre de O_2, o íon **Fe^{2+} apresenta**

spin alto, isto é, com o máximo de elétrons desemparelhados no íon Fe^{2+} (Fe^{2+} = $[Ar]3d^6$), e se encontra cerca de 0,8 Å (1 Å = 10^{-10}m) acima do plano do anel porfirínico, mas na forma ligada a O_2, para o transporte de oxigênio até os tecidos, o estado de spin do novo complexo muda para **spin baixo,** com os seis elétrons emparelhados. Nessa situação, o íon Fe^{2+} se encontrando cerca de 0,2 Å acima do plano do anel porfirínico, conforme se encontra representado a seguir.

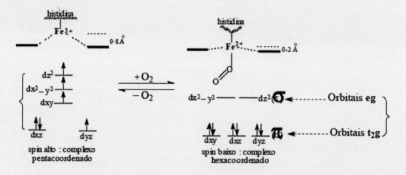

Em 1962, os britânicos Max Ferdinand Perutz e John Cowdery Kendrew compartilharam o Prêmio Nobel de Química pela contribuição dada para o estudo da estrutura das proteínas globulares.

Como explicar o surgimento das cores em pigmentos orgânicos?

Existe cerca de 7.000 flavonoides (do latim *"flavus,"* significando amarelo) e 500 antocianinas já identificadas como estruturas complexas. Pigmentos biológicos como a clorofila são coloridos devido à presença de ligações insaturadas na estrutura química da molécula, ou seja, - C=C-C=C-.

35.

UMA DIETA ESPECIAL PARA AS RAPOSAS DO SÍTIO SACO

As raposas do Sítio Saco quebraram o pacto com os cachorros, voltaram a ser ferozes e, em uma luta contra uma raposa, um dos cachorros retornou à Casa Grande com as vísceras da barriga quase expostas. O pior foi que o criatório de raposas fica em um grotão por trás do curral das vacas que não se pode desmatar por causa da erosão. As matas no Sítio Saco seguram as terras em grotões e ladeiras e é comum se ver raposa tomando banho de sol no meio da manhã, deitada em um banco de areia próximo ao canavial e às vezes em frente à Casa Grande do Sítio Saco. Os cachorros ficavam revoltados, tomaram satisfação, surgiram grandes conflitos e o resultado não interessou para as raposas e muito menos para os cachorros.

Diante de tantos conflitos, os pesquisadores da Fundação Pachá foram questionados sobre o que fazer e a recomendação foi de que no sentido de uma dieta rica em *melatonina* para as raposas do Sítio Saco. Mas como atingir esse objetivo? A melatonina, cuja estrutura química se encontra a seguir, é um neuro-hormônio produzido pela *glândula pineal,* que regula o sono. A ausência de luz acarreta a produção de melatonina. Portanto, a ideia seria modificar o *ciclo biológico* das raposas do Sítio Saco por meio de uma dieta rica em melatonina.

"As vacas precisam de bastante luz durante o dia e ausência de luz durante a noite. Vamos instalar luzes vermelhas em um compartimento fechado do estábulo, pois são boas para induzir a produção de melatonina no leite e no sangue, com uma vaca somente para atender com leite as raposas do Sítio Saco. Vocês devem fornecer esse leite para as raposas no grotão e assim, aos poucos, a paz deve retornar ao Sítio Saco". Sugeriu a Coruja mateira Buraqueira e a sugestão foi acatada.

A dieta funcionou, as raposas ficaram sonolentas, os cachorros puderam trabalhar mais sossegados durante o dia, descansando à noite. Entretanto, Tupã, talvez pelo peso da genética herdada do seu avô Pachá, não resistiu e um dia ele comeu toda a janta especial das raposas do Sítio Saco. Ele dormiu três dias seguidos e, quando acordou, foi castigado pelos seus colegas com mais três dias sem poder se alimentar. Com isso ele aprendeu que não deveria, nunca mais, alimentar-se da dieta especial fornecida às raposas do Sítio Saco.

36.

PIMENTA MALAGUETA E UMA ALIMENTAÇÃO ESPECIAL PARA OS CACHORROS DO SÍTIO SACO

O cachorro Tupã, após ser castigado por se alimentar da refeição especial para as raposas do Sítio Saco, ficou estranho, depois envergonhado, quase entrou em depressão, quando surgiu a ideia de tratá-lo por meio de uma alimentação rica em pimenta malagueta.

Segundo Sabiá, um dos pesquisadores da Fundação Pachá que trabalha com neuroquímica, "a pimenta malagueta apresenta alta concentração de *capsaicina*, principal responsável pela ardência na boca e baixos teores de *piperina*, com efeitos benéficos. Também apresenta altos índices do ácido ascórbico (vitamina C), ácido fólico (vitamina B9), β-caroteno (vitamina A, que melhora a visão), minerais e aminoácidos em sua composição química, além de substâncias anticancerígenas. Portanto, a pimenta malagueta é um complemento alimentar saudável, desde que utilizada com moderação".

ácido ascórbico

ácido fólico

β-caroteno

    Sabiá também informou a comunidade do Sítio Saco que "quando se ingere um alimento apimentado, a capsaicina ou a piperina estimulam os receptores sensíveis, existentes na língua e na boca, e, com isso, os receptores nervosos transmitem ao cérebro uma mensagem informando queimação. Imediatamente o cérebro gera uma resposta no sentido de minimizar o suposto fogo e liberam-se endorfinas (neurotransmissores) que permanecem por um bom tempo no organismo, provocando uma sensação de bem-estar".

    Endorfinas são produzidas naturalmente como resposta à atividade física, visando relaxar o corpo e despertar uma sensação de bem-estar, sendo indicadas aos cachorros do Sítio Saco, pois as raposas de lá, mesmo sonolentas, ainda podem causar um grande estrago em luta corporal com os cachorros! Tupã e os demais cachorros se acostumaram a comer pimenta, direto na planta, e por isso o administrador do sítio teve que plantar um pomar com pimenta malagueta para alimentar os cachorros que ficaram ferozes e puderam enfrentar as raposas do Sítio Saco.

36.

LICOPENO, β-CAROTENO E A PRODUÇÃO DE TOMATES E CENOURAS TIPO EXPORTAÇÃO

Surgiu, repentinamente, um grande interesse de empresários internacionais pela importação de tomates nordestinos. Chineses desembarcaram em Recife, pois eles souberam, pela Fundação Pachá, que existia uma nova forma de cultivar obtida por Maroto, a partir de um adubo alquímico, desenvolvido secretamente por Maroca, com altos teores de licopeno.

Eles foram recebidos por Preá, que contratou intérpretes para atender os chineses em busca de tomates especiais.

Foi um grande reboliço na cidade, pela chegada da missão chinesa, e Preá, Maroto e Maroca tiveram que conceder uma entrevista coletiva. De acordo com a Embrapa, "a composição dos frutos de tomate para a indústria vem sendo alterada por meio de melhoramento genético com o objetivo de selecionar cultivares com características desejáveis para o processamento, sendo que a composição média varia de 93% a 95% de água. Nos 7% a 5% restantes, encontram-se normalmente compostos inorgânicos, ácidos orgânicos, açúcares e outros compostos. A composição dos frutos é uma característica da cultivar, mas também pode ser influenciada pelas características do solo e pelas condições ambientais da região produtora".

O tomate é rico em *licopeno*, pigmento vermelho que dá cor ao tomate, e considerado eficiente na prevenção do câncer de próstata e no fortalecimento do sistema imunológico, pois contém *vitamina C*.

Maroto obteve uma nova cultivar a partir de uma espécie comum, mas adubada com um produto alquímico tipo exportação, obtido por Maroca, que apresenta de 7% a 3% de água em seus frutos, sendo o restante licopeno. Nesse sentido, "nosso tomate é diferente e especial, mas ainda não sabemos se é a mão do dono ou se é o adubo especial desenvolvido recentemente por Maroca, que só num dia ele nos deu cerca de 300 frutos", acrescentou preá.

O licopeno é um *carotenoide* que possui a maior capacidade sequestrante do *oxigênio singleto* ($^1O_2$), uma forma extremamente reativa de oxigênio molecular que danifica o nosso organismo. Portanto, licopeno é um *antioxidante* poderoso e muito útil para nós. Esse é o carotenoide mais abundante no plasma e nos tecidos humanos, mas encontrado apenas em um número limitado de alimentos de cor vermelha e em especial nos nossos tomates, acrescentou Maroto.

O que é oxigênio singleto? Perguntou um dos repórteres e Maroto respondeu com a seguinte explicação: observem os seguintes diagramas.

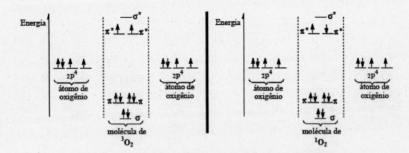

> O termo singleto ou singleto se refere à multiplicidade de spin, que é calculada através da seguinte expressão: 2S + 1, onde S = soma dos ms. Representamos, no diagrama acima, cada elétron por uma flecha (↑ ou ↓) e utilizamos o seguinte critério: ms= +1/2 (↑) e ms = -1/2 (↓). Quando 2S + 1 resulta igual a 1,0 temos o estado singleto, quando resulta igual a dois temos dubleto (ou dubleto) e quando resulta igual a três temos tripleto (ou tripleto), etc. Como realizar esse cálculo? Precisamos representar a molécula de oxigênio (O_2) através da teoria do orbital molecular, conforme os diagramas acima para $3O_2$ (estado tripleto que é mais estável) e $1O_2$ (estado singleto) que é instável e muito reativo. Portanto, $3O_2$ é oxigênio molecular normal, mas $1O_2$ é um estado excitado muito reativo e apresenta tempo de meia vida (T1/2) ≈ 10-11segundos!

O oxigênio singleto é gerado em meio biológico por enzimas como as *pexoxidases*. Estudos recentes *in vitro* demonstraram que $^1O_2$ pode danificar biomoléculas tais como lipídeos, aminoácidos, ácidos nucléicos e esses danos podem se propagar. Os *carotenoides* têm a capacidade de desativar $^1O_2$ e, entre eles, *licopeno* (que é regenerado no final do processo podendo ser reutilizado em novo ciclo) que possui a maior *constante de desativação*, por isso o nosso interesse em desenvolver e de isolar essa cultivar que se mostrou como uma verdadeira fábrica de licopeno, acrescentou Maroto!

O licopeno possui 11 duplas ligações conjugadas, enquanto β-*caroteno* possui 9. Por isso, Maroca está trabalhando para obter uma nova composição alquímica para ser utilizada especificamente no cultivo da cenoura, pois pretendemos cultivar uma nova espécie híbrida de cenoura que apresente β-caroteno e licopeno, pois licopeno junto a outros carotenoides oferece proteção à pele contra os raios UV do sol.

O que vocês pretendem fazer com esse novo produto? Provavelmente exportar por meio da empresa de comércio exterior Brito & Brito LTDA. e Preá está pensando em adquirir um navio para navegar pelos sete mares e abastecer, com os nossos tomates e cenouras especiais, todo o mercado internacional, finalizou Maroto.

37.

UM ZAP DO SOLDADINHO DO ARARIPE PARA SEU AMIGO UIRAPURU

Bom dia, amigo! Diga-me como você sobrevive com as queimadas na Amazônia?

Resposta de Uirapuru:

— Eu me viro escondido na grande mata, sempre fugindo dos supostos "ambientalistas", pois querem me levar para Paris, a pedido de Emmanuel Macron. Eles reclamam do fogo na Amazônia, utilizam pós-verdade, mas se esquecem de que realizaram 193 testes nucleares na Polinésia Francesa! Ou seja, eles causaram males irreversíveis à população local e à natureza global.

— Lembro que, até 1963, a França realizou quatro explosões nucleares na atmosfera, EUA 183, URSR 118 e Inglaterra 18, com o surgimento de nuvens radioativas que se espalharam em nosso planeta, causando grande poluição ambiental. Esse povo poluiu todos os rios, oceanos e praias do mundo, incluindo o nosso Rio Amazonas, também Canoa Quebrada, Pontal do Cururipe, Costão do Santinho etc. com muito lixo nuclear no ambiente terrestre, aquático e atmosférico.

Resposta do Soldadinho-do-Araripe:

— Embora ameaçado pela derrubada dos pequizeiros na serra, com perdas de nascentes de águas cristalinas, vindas de arenitos e de fontes calcárias, eu me sinto seguro no Geoparque Araripe. Venha para cá, amigo Uirapuru.

— Não posso me mudar de vez da Amazônia, pois sou o guardião dessa imensa floresta, mas qualquer dia eu irei lhe visitar na Floresta do Araripe.

38.

OS MISTÉRIOS DAS SERRAS DA CAPIVARA E DAS CONFUSÕES!

Segundo a arqueóloga, doutora e pesquisadora Niéde Guidon, "o homem chegou ao Piauí a cerca de 100 mil anos".

Ela acredita que o *Homo sapiens* deve ter vindo da África e o homem teria ido para o mar para procurar comida. Tempestades o empurraram oceano adentro e eles foram parar no Piauí, originando o homem das Américas.

"O mar estava então 140 m abaixo do nível de hoje, a distância entre a África e a América era muito menor e havia muito mais ilhas". Mas as teses de Niéde (escola francesa) se chocam com a arqueologia mais tradicional, dominada pela visão dos antropólogos norte-americanos, que situam a chegada do homem nas Américas a cerca de 13 mil anos, vindo da África pelo Estreito de Bering.

Segundo essa pesquisadora, "havia um corredor natural que permitia a passagem de animais da Serra da capivara à Serra das Confusões, que atraia os bichos na época da seca. Os animais migravam e, com a volta da estação das águas, retornavam a Serra da Capivara".

O nome "Confusões" surgiu dos moradores dessa região que contam que "as serras brancas e vermelhas ficam diferentes de acordo com a luminosidade do dia, deixando a pessoa com a vista confusa".

39.

POR QUE OS QUADROS DE VAN GOGH ESTÃO PERDENDO OS TONS DE VERMELHO?

De repente, Gaia disse:

— Professor, tem um furgão parado em frente ao portão do nosso sítio querendo lhe entregar uma encomenda. O que eu faço?

Eu respondi, vai até lá e receba a encomenda. Tratava-se de um livro enviado pelo ilustre primo, Dr. Napoleão Tavares Neves, sobre a obra de Van Gogh. Logo Cusco me perguntou:

— Porque os quadros de Van Gogh estão perdendo os tons de vermelho?

Eu respondi de imediato:

— Nós precisamos da ajuda de Maroto, que nos explicou assim:

Chumbo vermelho foi utilizado por artistas desde a antiguidade e sabemos que os tons de vermelho mudam com o tempo, isto é, nesses quadros, o vermelho sofre escurecimento ou clareamento. Por que isso acontece?

O escurecimento dos tons do vermelho se deve à formação de PbO_2 ou PbS, enquanto o clareamento é devido à formação de $PbSO_4$ ou $2PbCO_3.Pb(OH)_2.PbCO_3$, e isso depende da origem do pigmento, do tempo de exposição a luz, da atmosfera local, que também varia de composição química conforme a pureza ou a poluição do ar onde os quadros se encontram.

Os tons de vermelho nos quadros de Van Gogh estão perdendo os tons de vermelho e métodos analíticos avançados detectaram que o artista utilizou um raro mineral de chumbo ($3PbCO_3.Pb(OH)_2.PbO$), sendo ele o primeiro a utilizar esse pigmento (Angewandte Chemie, Volume 127, Issue 12, March 16, 2015, Pages 3678-3681).

Compare a composição química do chumbo vermelho utilizado por Van Gogh ($3PbCO_3.Pb(OH)_2.\mathbf{PbO}$) com a composição química do composto relacionado ao clareamento do vermelho ($2PbCO_3.Pb(OH)_2.\mathbf{PbCO_3}$) em seus quadros e você irá concluir que o CO_2 (que, em excesso, provoca o aquecimento global) também está provocando danos nos quadros pintados por esse grande mestre da pintura universal.

40.

A DESPEDIDA DE MAROTO E DE MAROCA DA FUNDAÇÃO PACHÁ

A notícia de uma possível aposentadoria de Maroto e de Maroca levaram os seus colegas da Fundação Pachá a lhes solicitarem uma palestra de despedida. Embora ambos não gostassem de despedidas, mesmo assim aceitaram o convite, pois essa seria uma oportunidade para explicar o mito dos cinco elementos clássicos — água, terra, ar, fogo e éter — para os estudantes da comunidade do Saquinho. Maroto conduziu a palestra, pois Maroca encontrava-se muito emocionada e chorou muito durante a apresentação de Maroto.

A ideia de que terra, água, ar e fogo seriam os quatro elementos clássicos está relacionada aos estados físicos da matéria (sólido, líquido, gasoso e plasma) e remonta aos primórdios da Filosofia representada por Aristóteles, na antiga Grécia. Ela foi divulgada no Ocidente, no período pré-socrático, passou pela Idade Média e chegou ao Renascimento, mas, desde os tempos de Lavoisier, os químicos modificaram o conceito sobre o que seria um elemento, pois consideravam e comprovaram como elemento os diferentes *átomos* naturais ou sintéticos, sendo átomos constituídos por núcleo e eletrosfera.

Para os gregos que seguiam a tradição aristotélica, o "quinto elemento", proposto por Platão, seria não palpável e somente existiria no plano cósmico, formador do céu, do Sol, da Lua e das estrelas e estaria relacionado à ideia de éter (uma substância hipotética), que representava a inexistência do vácuo no cosmos. Essa teoria declinou quando Galileu observou com a sua luneta a existência de relevos (imperfeições) na superfície da Lua, mas, para a Astrologia, cada "elemento" clássico se relaciona com quatro signos: **Ar** (Gêmeos, Libra e Aquário); **Água** (Peixes, Câncer e Escorpião); **Terra** (Touro, Virgem e Capricórnio); **Fogo** (Áries, Sagitário e Leão).

A ideia sobre um suposto éter foi abandonada a partir da teoria da relatividade restrita de Albert Einstein (1905) e os cientistas sabem, por exemplo, que cada *mol* de moléculas de água (H_2O) é composto por dois mols de átomos de hidrogênio e de um mol de átomos de oxigênio intimamente ligados.

Mol é uma unidade SI (Sistema Internacional de Unidades), adimensional, para se quantificar a matéria (átomos, moléculas, íons, elétrons etc.) e corresponde ao número de Avogadro (1 mol ≈ 6,02 x 1023 ou precisamente 1 mol = 6,0221415 x 1023) de partículas ou espécies químicas. A palavra mol foi introduzida por Friedrich Wilhelm Ostwald, em homenagem a Amadeu Avogadro, que concebeu a ideia básica, mas nunca determinou o valor para 1 mol.

Terra é uma mistura complexa e de composição química variável, conforme o local do planeta onde a amostra foi coletada. O ar da atmosfera terrestre é composto basicamente de nitrogênio (N_2) 78%; oxigênio (O_2) 21%; e o restante é uma mistura de gases nobres (hélio, argônio, neônio, criptônio, xenônio), todos monoatômicos e de hidrogênio (H_2), amônia (NH_3), metano (CH_4), dióxido de carbono (CO_2), monóxido de carbono (CO), ozônio (O_3), vapor de água (H_2O), dióxido de nitrogênio (NO_2), óxido nitroso (N_2O) etc. Os gases de *efeito estufa* incluem vapor de água, CH_4, CO_2, N_2O e O_3.

Todos aplaudiram, e Maroto agradeceu mais uma vez, entretanto surgiu nova pergunta. "O que é fogo?", perguntou Preá.

Fogo é a manifestação de uma reação química de *redução-oxidação* específica denominada *combustão*, em que o combustível, por exemplo, a parafina de uma vela acesa, sofre oxidação e o oxigênio do ar sofre redução com liberação de gases e calor, conforme a fábula "Um churrasco feito por Maroto" e solicito que vocês mantenham essa vela acesa simbolizando a Química e as nossas vidas. Maroto terminou a sua participação na Fundação Pachá, aposentou-se e retornou a Pilões junto de Maroca e, em seguida, mudou-se para o Sítio da Goiabeira, onde eles deixaram o seu legado.

Muito obrigado pela atenção e pela amizade de vocês durante a nossa convivência na Fundação Pachá, finalizou Maroto, mas as perguntas não paravam de surgir e, dessa vez, sobre "metais pesados", que nosso conferencista respondeu assim:

Então, eu vou finalizar falando sobre metais pesados e o nosso sistema endócrino.

Convencionou-se, na química antiga, utilizar o termo "metal pesado" para indicar alta densidade, mas isso caiu em desuso. Mesmo assim, estou utilizando essa palavra-chave, por ela ainda ser utilizada na mídia. Chamo a sua atenção que, embora se costume utilizar o termo "metal", por exemplo, metal zinco (Zn), metal ferro etc., implica em considerar o seu estado de oxidação, isto é, íon zinco (II) = Zn^{2+}, íon ferro (II) = Fe^{2+}, íon ferro (III) = Fe^{3+} etc., presente(s) no composto do referido "metal".

Os seres vivos necessitam de quantidades precisas de alguns metais (quero dizer, íons metálicos) considerados "essenciais", incluindo vanádio (V), manganês (Mn), ferro (Fe), cobalto (Co), níquel (Ni), cobre (Cu), zinco (Zn), molibdénio (Mo) etc., como constituintes do sítio ativo de metaloenzimas que executam funções vitais em nosso organismo, mas níveis excessivos desses elementos podem ser extremamente tóxicos.

Os químicos bioinorgânicos projetam, sintetizam e caracterizam compostos modelos para o sítio ativo de metaloenzimas para tentarem entender o mecanismo de ação dessas importantes biomoléculas. As metaloenzimas somam cerca de 30% das enzimas encontradas nos seres vivos e essa foi uma das áreas em que eu atuei e mais me apaixonei na pesquisa acadêmica.

Outros metais, considerados pesados, como mercúrio (Hg), chumbo (Pb) e cádmio (Cd) não possuem nenhuma função nos organismos e a sua acumulação pode provocar doenças, principalmente nos mamíferos. Quando lançados no meio ambiente (na água, no solo e no ar) como resíduos indústrias, esses elementos podem ser absorvidos pelos vegetais e animais, provocando sérios problemas à nossa saúde física e/ou mental.

O link a seguir é de um artigo que aponta para problemas no sistema endócrino de animais e de humanos causados por arsênio (As), cadmio (Cd), mercúrio (Hg), níquel (Ni), chumbo (Pb) e zinco (Zn):

http://www.usab-tm.ro/utilizatori/ZOOTEHNIE/file/REVISTA%202011/vol%2044/2/BIOCHIM/George scu.pdf

POSFÁCIO

NAPOLEÃO TAVARES NEVES: UM BAOBÁ BRASILEIRO

O baobá se destaca pela sua longevidade e pela sua capacidade de armazenamento de água, que pode ser utilizada para matar a sede de quem precisa e pelos seus frutos que matam a fome dos sertanejos africanos.

O médico e historiador Napoleão Tavares Neves, de 81 anos de idade, é um gigante da Medicina da Família e se distingue pela sua capacidade de armazenamento de conhecimentos em sua memória privilegiada e pela sua bondade e caridade com o próximo, o que não são mais características normalmente encontradas entre os profissionais médicos.

As seguintes palavras foram proferidas pelo médico e historiador Napoleão Tavares Neves na preleção da sua palestra no III Tríduo de Estudos sobre Padre Cícero, no dia 18 de julho de 2005, em Juazeiro do Norte (CE).

"Sou um eterno menino de bagaceira de engenho e de porteira de curral de gado, que se tornou médico e ama o seu ofício, hoje a 75 anos de vida e 47 de Medicina sertaneja ainda em ação, agradecendo a Deus a grande dádiva de consultar uma clientela pobre que não deixa dinheiro no fundo da minha gaveta, mas me deixa prazer de atender a gente que precisa e carece de um atendimento humano, porque sou ainda daquela quase extinta geração que acha que a *Medicina se realiza na caridade, plenificando-se na caridade*".

Efetivamente, não há terapia melhor do que o fazer o *bem* a quem precisa! Medicina, para mim, não é profissão, mas *missão*.

A nobreza da Medicina não deveria comportar remuneração. O vil metal compromete a missão, de tal modo que a Medicina deveria ser remunerada apenas pelo Estado. Isso sim, Medicina socializada, inteiramente estatal, mas de boa qualidade. "É uma ousada concepção que trago comigo, aonde quer que vá, graças a Deus!".

Para confirmar a relação entre o dizer e o fazer desse humanista, historiador e médico, quero compartilhar com vocês a carta que recebi do Napoleão, datada em 27 de novembro de 2011, conforme transcrita a seguir, pois não quero ser egoísta de tê-la apenas para mim.

Hoje, como que, estou em "Estado de Graças": fui ao Saco, mandei abrir o Posto de Saúde e, sem avisar, compareceram 59 pacientes que foram todos por mim atendidos. Por volta de 14 horas, terminei os atendimentos e fui almoçar com as manas. Foi uma beleza! Cheguei leve como uma pluma pela sensação do dever cumprido com a minha gente que eu vi nascer, que ajudei a nascer, que me viu nascer, com os quais brinquei criança na bagaceira do engenho! Houve até lágrimas quando eu lhes disse: eu estou aqui como se fora uma festa de aniversário, sem cansaço e feliz por vê-los todos.

Quando me perguntaram se eu voltaria a atender no posto, respondi que o último domingo de cada mês seria para o Saco, sem nenhum vínculo empregatício, até mesmo se a prefeitura não quisesse, mas eu iria, inclusive mandei imprimir receituários meus mesmos, mas por acanhamento coloquei: Posto de Saúde do Sítio Saco, omitindo o meu nome. Gastei dois blocos de receitas. De cada casa da vila veio sucos, água de coco e até lanches. As manas mandaram um suculento almoço, mas preferi levá-lo para almoçar em casa com elas. Conversamos muito, botamos a conversa em dia e regressei por volta das 15h30min sem o menor cansaço, muito ao contrário: até as dores nas pernas por varizes, cessaram. Aqui chegando, fui à Santa Missa a pé e sem sentir dores. Foi um santo remédio! Deus seja louvado por tudo!

Teve uma velhinha que saiu dizendo: "já tô melhor só com a conversa dele. Que coisa gostosa, Marcos: realmente *é dando que se recebe*"!

Marcos Aires de Brito, 16 de dezembro de 2011.